百分百男友

海欧亭亭 著

中国书店

图书在版编目 (CIP) 数据

百分百男友/ 海欧亭亭著 . — 北京: 中国书店,
2019.8

ISBN 978 - 7 - 5149 - 2302 - 5

Ⅰ.①百… Ⅱ.①海… Ⅲ.①长篇小说 – 中国 – 当代
Ⅳ.① I247.5

中国版本图书馆 CIP 数据核字（2019）第 110108号

海欧亭亭　著

责任编辑　杭　玫

出版发行　中国书店

地　　址　北京市西城区琉璃厂东街 115 号

邮　　编　100050

印　　刷　三河市金泰源印务有限公司

开　　本　880mm × 1230mm　1/32

印　　张　7.75

字　　数　237千字

印　　数　3000册

版　　次　2019 年 8 月第 1 版

印　　次　2019 年 8 月第 1 次印刷

书　　号　ISBN 978-7-5149-2302-5

定　　价　36.80 元

卷首语：每个人都心怀目的。——致前男友们

目录

楔子·始末

天光大作，我看了眼这荒诞的世界。

· 三只小电话
· 倒霉体质发酵第一次：娱乐负面头条
· 被嫌弃的秦小姐的一生

三只小电话

秦依依一觉醒来，世界变成了卡其色。

一种无以表述、模糊不清的颜色。

她呆坐在床上，头发乱糟糟，眼袋快要垂到下巴。

世界是神秘的，世界是未知的，世界是令人费解的。

而她对这个世界，充满了苦大仇深的疑惑。

紧接着，她接到三个莫名其妙的电话。

第一个是一个自称"表妹"的人打来的：

"喂，表姐！"

"嗯？你是……"

"我是你的表妹苏珊啊！"

苏珊是谁，和我很熟吗？

"你赶紧帮我送盒药过来，我昨晚忘吃药了，这都过去了十个小时了！你快点啊！药在你床头柜第二格抽屉的白色小盒子里。地址是……"

秦依依拉开抽屉，还真的有一盒药躺在那里，但药盒上的说明令她跌破眼镜——那是一盒真真切切的避孕药啊！那个表妹……要这个药？

什么？昨晚忘吃了？苏珊的话再次响起，她一拍脑袋，不对，我为什么会有这种药啊!

还没想明白避孕药的事,电话再次响起,是一个自称"医生"的人打来的。

"秦小姐你好,我是你的主治医师,我姓冷名淡,想告诉你,你前不久脑部受到重伤,经过我们的救治,虽保住了性命,但很遗憾,您大概失忆了……"

秦依依不等那个家伙说完,立刻打断他:"我为什么要相信你?"

"在你的床头柜第三格抽屉里,有一份病历,我曾叮嘱您的家人放在那里,以备你日后死不承认之需。"

什么?死不承认?秦依依怒而摔枕,掀被而起,结果被一句话打回原形:

"打这个电话来呢,是想提醒您,该吃药了。"

等等?我也忘记吃药了?哦,这真是一个糟糕的世界!

秦依依按照电话里的指示,在病历袋旁翻出了一个黑色小药瓶,吞下一颗药丸。

之所以就范,乖乖吃药,是因为打开病历本后,白纸黑字,确凿记载了她的失忆详情。而且打印报告上的主治医师名字还真是那个冷淡。

正在思索医生与他名字的辩证关系时,第三个电话来得不偏不倚,歪打正着——早一秒,秦依依还没挂断上一个电话;晚一秒,秦依依可能已经起床,懒得搭理电话。

"秦女士您好,我这里是'巧妇帮'家政公司,您的新保姆已经到岗,是我们这里的金牌保姆,今天下午就可以到达您的住处,开始照顾您的起居啦……"

保姆?照顾我起居?莫非我失忆的同时顺带半身不遂了?想到这里,秦依依立刻狂跳而起。

忘了说，秦依依，一米六八，拥有亚洲姑娘最完美的身高，肤白貌美，发质乌黑又有光泽。她不化妆是坠入凡间的天使，化了妆是上帝面前的妖精。

　　"我身体健康，四肢健全，我为什么要请保姆啊？"

　　"据悉，您身体不大好。"

　　"……请问具体是哪一方面不好？"

　　"脑袋……记性不大好。"

　　……

　　还真别说，努力想了半天，还真的一点儿也想不起来任何事情。

　　秦依依感到人生有点悲催。

倒霉体质发酵第一次：娱乐负面头条

然而，在秦依依二十七年的生命中，她不会知道自己是一个谈了 99 位男朋友的人。

直到二十八岁那年，命运猝不及防地宣告这一事实，给了她当头一棒。她才明白：一生那么漫长，被人打一棒子算什么？换句话说，谁还没有个始料未及的时候呢！

给苏珊送药，也是一件始料未及的事情。

苏珊，一米七三，瘦高个，一生最大的愿望是成名。她常年墨镜出入，围巾裹头，鬼鬼祟祟。连去超市买包卫生巾都要神神秘秘小心翼翼，生怕被狗仔拍到，从而算出自己的生理周期。没办法，谁叫她是小城"最有表演天赋的女星"呢！

通常，"最有表演天赋"这种形容，是绝不会用在女一号身上的。

连拿三年"最佳新人奖"，苏珊还是只能接到宫斗剧里女主的贴身丫鬟、都市剧里人见人打的插足小三、青春偶像剧里男主的前女友等等这样的角色。

没关系，虽然我戏份不多，可我镜头多啊！有主角的地方，必有我苏珊！

"表姐，你到了没有啊？快点啊，时间不多了！"苏珊握着她的镶钻手机急切催促道。

"到了到了，我刚下车，这里有好多门啊，你在哪个门？"秦依依四处环顾着。

她有个优点就是她的眼睛，那是她最有魅力的地方，看一眼就觉得世间所有的故事都在里面了。她的身材和苏珊差不多，唯一不同的是，她稍丰满些，或者用另一个词说，是"有点小壮"。与苏珊的瘦削截然不同，秦依依更接近健康美。

"表姐！我在这儿！"苏珊向秦依依招手，秦依依闻声走过去。

"你好……"

秦依依有点知所措地打着招呼，她实在不知道要如何同这个"突如其来"的表妹进行正常姐妹间的交流。她盯着苏珊看了足足十秒钟，依旧想不出曾经的事情来。

"好了好了，自家姐妹甭客套了！快把东西拿出来！"

苏珊非常爽快，单刀直入地说。

秦依依一面点着头，一面从包里掏出一个小袋子，袋子里装着一个小盒子。

"干嘛包得严严实实啊！不就吃片药，至于嘛！"苏珊抓起药就要往嘴里塞，被秦依依慌忙制止了。

"怎么了姐姐？"苏珊不耐烦地瞪着秦依依。

"哦，咱们……咱们还是找个隐蔽点的地方吃吧……"

"至于么，失个忆还把思想也给失到 20 世纪去了啊！"苏珊叫嚷道。

"啊，你也知道我失忆了啊……"

秦依依忽然有些不好意思，尤其是说出"失忆"两个字的时候，娇羞得不行，就好像人家小媳妇说"有了"一样——啊，你也知道我有了啊，哎哟，真难为情呀。

"废话，当然知道啊，这么劲爆的消息怎么可能过滤掉我！"苏珊再次举药齐唇，不想又被秦依依劝阻，劝她找个僻静的地方吃药。

苏珊气不打一处来："表姐你有完没完啊！我已经连续十一个小时没有吃药了！再耽误，我就要，就要……"

"怀孕？"秦依依吃惊地捂住了嘴，上下打量着苏珊。

"什么啊！你还真的是失忆哎！我还没有男朋友好不好！"

"那你为什么要吃避孕药？"

秦依依死咬着"避孕药"三个字不放，苏珊懒得搭理她，正准备仰头将药一饮而尽之时，意外发生了。

秦依依开始打喷嚏了。

"啊嚏！"一个。

"啊嚏！"两个。

"啊嚏！"三个。

"啊嚏！"四个。

通常情况下，打一个喷嚏是有人骂你，打两个是有人想你，打三个是感冒了，而连打四个，并且发生在秦依依身上，那就是——倒霉体质发酵了。

秦依依，从小自带容易受伤的倒霉体质，被称为"倒霉孩子"，往往在倒霉即将发酵前连打四个喷嚏。这一点，秦依依可能已经不记得，但苏珊没有失忆，她知道接下来将会发生多么令人倒霉的事情。相处的这些年，苏珊非常明白，她的表姐简直就是个神一般的存在，除了自身携带倒霉分子，还会波及身边的人，那句话怎么说的？对，殃及池鱼。

当时这对表姐妹正站在影棚拐角处，里头正在拍戏，男一号和女一号的戏。外头都是整装待发的狗仔，眼巴巴盯着男主角或者女主角出来了冲上去拍点照片回去交差，没人有工夫搭理她们。可是剧组里忽然吵了起来，男一号怒气冲冲地冲了出来，结果没提防站在拐角处的秦依依姐妹俩，直接撞了上去，把苏珊手中的药盒撞翻在地。

男主连忙道歉，弯下腰去捡起药盒。

苏珊立刻回过神，叫道："快给我！"

然而已经来不及了，就在男主递过药盒苏珊接过的那一瞬间，狗仔恰到好处地出现，果然应了那句——所有的相见恨晚，都是恰逢其时。

闪光灯"咔嚓"几下，就把苏珊推上了娱乐头条。该来的不来，不该来的来得这么迅猛，苏珊仰天长叹，直想当场晕死过云。

男主仓皇而逃，现场只剩下秦依依、苏珊还有一堆狗仔。兢兢业业的狗仔们连新闻的标题都已经在现场讨论出来了："一线男星给四线女配递避孕药，隐秘恋情浮出水面"。

苏珊听罢，差点没一口老血气绝身亡。

秦依依扶着苏珊钻进她的跑车里，这才知道了她的苦衷，原来，这盒药，还真不是用来避孕的。

"完了，完了，还没出名就要退出演艺圈了。还有比这更令人心碎的事情吗？没有了，绝对没有了……"苏珊生无可恋。

"娱记们那是捏造啊！是莫须有的事情！你跟媒体解释清楚不就好了吗？"

"你说得轻巧，怎么解释啊！说得清吗！"苏珊把座椅打倒，人顺着座椅倒了下去，有气无力。

"告诉他们，这药不是用来避孕的啊！"秦依依说。

"可是盒子上写得大大的中文，相机拍得一清二楚啊！哎呀完了完了，我这回死定了！就算男一号有理说得清，可以说那盒子不是他的，可我也撇不清了啊，谁都知道是我在吃避孕药啊！"

的确，对于一个连买卫生巾都要小心翼翼生怕生理周期被人知道的姑娘，如今真是生不如死。

又有谁知道，这个怯生生、闻生理期丧胆的姑娘，其实压根儿就没有生理期啊！谁会相信她吃的长期避孕药，是用来调经的呢……

一个靠长期吃避孕药来调理长期紊乱生理期的姑娘，想想就悲催。而她根本就没法和大众解释，医院开的诊断书早就被她扔掉了，这药连续吃了三个多月，每天都要在同一个固定时间吃，漏服时间越长，情况就会变得愈复杂——她好不容易调好三个月的生理周期，将再度陷入兵荒马乱。

真是太可怕了！所以当记起没有服药的时候，苏珊只能火急火燎地打电话给秦依依为她送药了。苏珊做事马虎，常常忘记，就放了一盒药在表姐那里，以防万一。可这"万一"倒是防了，却没能躲得过"初一"。

"表姐，你的'倒霉体质'为何要在这个时候发酵……"

苏珊气若游丝，秦依依好怕她说完就气绝身亡。

"倒霉体质？"秦依依肯定是不解的。

"表姐，我知道你现在记性不好，喏，你听着，有件非常重要的事情你一定要记住了。在你连打四个喷嚏之后，切记，接下来就会有不好的事情发生，你要做好心理准备。"

被嫌弃的秦小姐的一生

秦依依拖着沮丧的步子回到家，她觉得自己今天糟透了，她无论如何也忘不了苏珊的眼神。有恼怒，也有无奈，还有一点，不知道是不是自己过于敏感了，她觉得苏珊的眼神里，有一部分是嫌弃她的。

怪谁呢？要不是自己失忆，就不会忘记苏珊的服药原因，没有忘记原因，就不会一直逼问和阻挠苏珊服药，要是没有她从中"作梗"，拖延了时间，苏珊也不会撞上那个倒霉的时机，还不知道苏珊的演艺事业会不会因此受阻，会不会身败名裂。

苏珊说得没错，我就是个"倒霉孩子"！秦依依的表情忽然哀怨起来，嘴巴瘪下去，像座拱桥。

虽然"相处短暂"，但秦依依完全能感觉到苏珊对于演艺事业的重视程度，那简直就是她的命根子！真不敢想象，如果苏珊因此而失去这份工作会变成什么样子。

而这一切都是因为自己，这该死的倒霉体质！

秦依依一面自责，一面在心底慢慢回想与苏珊相处的这一个小时。虽然很短，但她已感受到亲人之间的那份温暖，来自血液最深处的维系。纵使自己失去了记忆，但那份血脉相连的感觉不会消失，反倒越来越强烈。

秦依依开始欣慰，清晨醒来时的那份对失忆的恐惧和迷茫渐渐消散，她觉得继续和苏珊以及其他亲朋好友相处一段时间，自己一定会找到那份遗失的记忆的！

或许……秦依依在心里想，或许那份记忆只是被自己临时打包锁在保险柜里，而钥匙不小心弄丢了，暂时取不出来了。

等到找到钥匙的那一天，打开柜门，记忆蜂拥而出，自己就会变回那个健全的人了。

"不健全"，是秦依依目前对自己的定义。

有点残忍，但似乎并未有失偏颇。

秦依依的房子是套小独栋，坐落在小城温暖的南部。

这里被人们亲切地称为"城南"。

对于秦依依而言，"城南"虽在，"旧事"却散；只盼来日，君与旧事，一切缓缓归。

这里有成片成片的木棉树，还有火红火红的杜鹃花。

杜鹃喜欢缠着木棉，就像一场不眠不休的瓜葛。

我失去记忆的那部分生命，谁会是我的瓜葛呢？

秦依依走到落地窗前，静静地想。

于事无补的是，她什么也想不起来。

不知不觉到了饭点，还好她回来的时候从外面打包了比萨，不然保姆下午才到，自己就要饿肚子了。

秦依依吃着比萨，觉得这个味道真是好吃。

她虽失去了对人物和事情的记忆，却并没有忘记自己爱吃的事物、口味以及她肆无忌惮的陋习。

彼时，一面吃比萨的她，正踢掉拖鞋光着脚丫踏在地板上，放浪形骸中。内衣早已被她从领口取了出来，甩在沙发上。

秦依依除掉内衣的方法多得可以成书了，而她通常使用这两种：一种是解开后面的挂钩后，将肩带从两条手臂上褪下，然后从领口"呼啦"一下取出；另一种是解开后面的挂钩后，将两条肩带的挂钩也解开，然后"唰"地一下从衣服下方取出。

　　大把的人生，怎么能虚度在束缚生命的事情上？这简直太野蛮了。

　　对于秦依依而言，钢圈和扣钩，就是这个世界最野蛮的行径。

　　不光是这，就连衣服也是巨大的累赘，但出门又不得不穿。

　　所以，每出一趟门，秦依依就感到自己被勒死一次。

　　苟活不易，一定要洒脱。

　　如此，便是"原始人秦依依"的人生座右铭。

第一章 从零开始

最好的时光，从来都不是一个人。

· 先生，走错门了吧
· 倒霉体质发酵第二次：浴巾掉了
· 立正，我要给你立规矩了
· 两小只的日常
· 竟然晕了过去
· 记忆眨了眨眼

先生，走错门了吧

　　秦依依在家里四处瞎逛。说是瞎逛，一点儿也不假。就好像游客进了博物馆，学生进了初次谋面的大学一样，一切都充满了新鲜感。

　　她闭上眼睛使劲地想了想，实在觉得，这里的一切，与自己并没有太大的关系啊。仿佛一切都被清零，一切都是从"零"开始！

　　"我都不记得我在这里住了多久，这可真要命。"秦依依自言自语，一面想起刚才在苏珊的车上，听她讲起自己来。

　　原来秦依依现在住的这套小别墅，是妈妈留给她的。妈妈买下这套房子后不久，就搬去了美国，同她的现任丈夫生活在了一起。

　　听苏珊的意思，妈妈似乎就是自己唯一的至亲了，而苏珊也只不过是一个远房表亲，在国外长大，两人小时候并没有见过面，直到三年前回国发展，恰巧和秦依依同在一座城市，这才算是"认识"。

　　除此之外，秦依依好像没有其他亲人了，朋友也很少，尤其是她失忆后，朋友也被她忘得一干二净了。

　　而对于自己是因为什么失忆的，苏珊只是简简单单地说了句"你一向记性不好，并且倒霉"。

　　当时苏珊正在生无可恋中，秦依依也没敢多问。

片刻之后，门铃响了，秦侬侬猜想应该是保姆到了，想着都是女人，于是懒得穿内衣了，但就这么穿着，似乎又有点不雅。

于是她随手拣了条披肩，披着就去开门了。

门开了。

出现在门外的，是一个颇为魁梧、头戴一顶棒球帽、身穿一件灰色风衣、背一只墨绿色旅行包、拖两只大行李箱的……男人。

男人……

男人！

横在那白得一丝瑕疵都没有的脸上的，是一副大大的墨镜，把整张脸遮住了三分之一。

秦侬侬抬头望望天，太阳温柔成一幅朦胧美的画作。

这个时候戴墨镜，不是神经就是作了吧。

秦侬侬撇撇嘴。她似乎对眼前这个性别特征不明显的男人没有什么好感。

考虑到对方是男人，秦侬侬偷偷地，以一种不易被察觉的小动作，扯了扯原本松垮在肩上的披肩，把自己裹严实了一点。

"先生，走错门了吧？"

"没有。"

"那请问你是哪位？"问这句话的意思其实是，没什么事就快走吧，老娘内衣都没穿呢！

"保姆。"

男人吐出这两个字，摘了眼镜，露出一双笃定的眼睛，并在秦侬侬错愕的表情中甩给她一个不屑的眼神，他再次强调："我是新来的保姆。"

这表情，明明就是雇主才配有的啊！有也应该是她秦侬侬才对啊！

在秦侬侬合不拢嘴的惊愕之下，男人从包里拿出一份文件，潇洒地亮在她面前。

秦依依回过神来，怔怔地看了看，没错，文件上写得清清楚楚，此人真的是那个什么"巧妇帮"的保姆，名叫伍凌。

白纸黑字，还有签字和家政公司的红色印章。秦依依看得目瞪口呆。

"这一定是个误会！你等我一下，就一下。"秦依依讪讪地笑道，闪进房子，"砰"地关上房门。

隔着房门，男保姆都能听见门那边传来的近乎咆哮的质问。

"我不管你们什么理由，反正必须给我换了！我是个女的哎！我要女——保——姆！"

门的这边，秦依依得到了令她崩溃的解释。

"鉴于您之前已经在我们这里换遍了所有的保姆，没有保姆能伺候得了您，我们甚至给出双倍奖金，依然没有人愿意接这个活，她们说宁可辞职也不愿意被您雇佣。这位男保姆是最后一位没有和您合作过的保姆，如果您执意不要，那恕我冒昧，这个生意我们不做了，您另请高明吧，秦小姐。"

我的天？我究竟是有多歹毒啊，连保姆都不待见我！

看来不仅是表妹嫌弃我，家政公司嫌弃我，前保姆们也嫌弃我，我这是"被嫌弃的秦小姐的一生"吗？

正在秦依依生无可恋之时，男保姆在门外送来亲切问候："秦小姐您不用担心，我是受过专业训练的，而且我是男性，抗压能力很强，什么样的极品奇葩雇主都见过……"

话还未说完，门就开了，秦依依怒气腾腾地站在门边，吼道："所以也不妨再多我这一个极品奇葩雇主是吗！"

"秦小姐您误会了，有什么误会我们进屋再说好吗？外面天寒地冻，很冷的好吗？"男人把双手放在嘴上哈着热气。

居然有人说南方小城冷。秦依依不禁打量起眼前这个即将进入她生活和她朝夕相处的男人来。她一个女生都只穿了一件衣服，而这位堂堂八尺男儿，竟然穿了风衣，还围了围巾，戴了帽子。

这确定不是南极来的吗？

哦不对，南极生物都抗寒。这货一定是从赤道偷渡过来的！

秦依依一个激灵，闪身让出一条路来，保姆提着行李，雄赳赳气昂昂地走了进去，秦依依跟在后面，轻轻关上大门。

那场面，怎么看怎么都像一家之主回来了，小媳妇儿前去开门迎接……

啊呸呸呸！我在想什么啊！秦依依迅速甩了甩头。

这怎么可能！

然而一进门就尴尬了，秦依依那只黑色的内衣在米色的沙发上格外耀眼。男保姆愣了一下，随即转过头去看了看秦依依。秦依依一个箭步冲过去，抓起来塞在怀里就往楼上的房间里跑。

客厅沙发上。

秦依依皱眉看着眼前这个抹润肤乳、护手霜抹了足足十分钟还不肯罢手的男人——她的保姆，不禁压了压心头的怒火，尽量地、颇有风度地说："我说这位先生，您抹化妆品抹够了吧？我一女性还没你那么怜惜自己的皮肤呢！各种乳，各种白，乳白完了没？"

那乳白男人讲究地扭紧乳白小瓶子的瓶盖，和那些散落在沙发上的瓶瓶罐罐一起，重新放回他考究的化妆包里，拉好拉链，露出一个颇为职业的微笑。

"这些不——是化妆品。"他特意拖长了"不"字，令秦依依严重怀疑他的性取向。

"这是护——肤——品。呐，冬天来啦，脸和手都是重点护理的部位哦！脸上要拍够爽肤水，要涂精华，以防干燥天气对皮肤带来的损伤；手嘛，当然也要补水和油啦，不然很容易冻裂的啦。我给你推荐一个轻奢网站吧，里面的物品全都打折哦！秦小姐的脸干燥，T区部位毛孔明显增大，肤色较沉，需要做养护……"

"伍先生是上海人？"秦依依不等那乳白男说完，就下了定义。

"咦，侬怎么知道？"

乳白男颔首，起身，拎着自己的包，伸出纤长的手指来回点着几个房间，好像一名房客在选房间似的，秦依依不等他说话，立马给他指了一条"明路"，"楼梯下面那间房。"

乳白男一下子咬住了四个手指头："那是杂物间啊！不带你这样欺负我们下人的啊！"

秦依依一头冷汗，指了指旁边那间本来是作为"老人房"设计的独立套间，说："亲，不要误会，你的房间在那里，自带卫生间和小阳台，布局良好，采光充足。本姑娘从不虐待下人！"

"看来秦小姐对房子的户型设计颇有研究，"乳白男又露出职业笑容，接着问道，"房间里有电脑吗？不好意思，我的生活，不能，呃，不能没有电脑。"

"这年头保姆都需要智能化作业了吗？"秦依依歪着头皱起眉。

"并没有，"保姆又恰到好处地露出他那职业化的微笑，"只是个人需要。"

"用来做什么？"秦依依十分费解。

"看片，打怪，约妹，买买买。"保姆十分熟练。

"有电脑，没床，麻溜儿进去！"秦依依恨不得把床给搬走让他睡地板。

"好嘞，那小的告退啦！"男保姆拎着行李箱，欢快地溜进房间关上门。

空荡荡的客厅又只剩下秦依依一个人，她有些纳闷：自己是不是忘记跟这个保姆交代什么事情了？比如自己喜欢的菜品、房间里哪些东西不可以动、平时要注意些什么……还有最重要的一点：男保姆在和女主人相处时需要明确和注意些什么。可那小子关上门，不知道在做什么。

哪有人一来就关上门的，不会是在里面干坏事吧？

莫非是……偷东西?! 秦依依不禁想到刚才电视剧里入室盗窃的画面。

秦依依立马血液沸腾，跑去厨房找了根擀面杖，藏在身后蹑手蹑脚地走到房间门口，先探听了一下，里面安安静静的，如果真的是保姆，此刻应该是在整放自己的行李吧，不可能毫无动静啊！

想到这里，秦依依摁下门把手，举着擀面杖冲了进去。

倒霉体质发酵第二次：浴巾掉了

"啊——"高分贝的男声响彻整座房子，划破冬季里宁谧的长空。

"啊——"高分贝的女声随之响起，划破那道高分贝的男声。

就个这个时候，秦依依非常不顾场合地，开始打喷嚏了。

一个……

两个……

三个……

四个……

"喂！"刚从浴室洗完澡回到卧室的裸男露出惊恐的神情，急忙转过身去，一把扯过凳子上的浴巾，结果慌乱之下脚底打滑，"咚"的一声，跌坐在地上。

秦依依，倒霉体质又发酵了，这一回又是"殃及池鱼"款，并且，用力过猛了点。

房间里的场景变成了这个样子：一个身材健硕的出浴男人，受到惊吓后急速转身，脚下一滑跌倒之际又与浴巾不小心纠缠在了一起，差点儿没把自己给缠死。

他身后，隔着一张床的距离，站着一个四两拨千斤的女侠，高举一根擀面杖，杀气腾腾。

"你进来为什么不敲门啊！"他大叫，这才把镜头打乱，因为他终于把自己裹进浴巾安全的怀抱中，继而昂首挺胸地站了起来，转身迎面对抗手持"武器"的入侵者，入侵者向后退了一步，吓得满脸通红。

"啊？我……我……我听见屋子里没有声响啊！就……就进来看看啊！"

秦依依自知理亏，断然不敢说出"我以为你是贼"这样贻笑大方的话来。

"我风尘仆仆地赶来这里！洗个澡不应该吗，需要汇报吗？"

"那伍先生慢慢享用……"秦依依讪笑着，退出房间，退到门口的时候忘记收揣面杖，碰在门框上，人差点被弹回来。

哎，我是有够倒霉的！秦依依快要窜到泰国去了。

整个下午，秦依依都异常清醒。她翻来覆去地，就是睡不着。

晚饭时间到了，秦依依洗了把脸，从卧室走下楼来，只觉得整个房间冷冷清清，完全没有一种"请了保姆"的迹象。

这个时候不应该是保姆忙着洗衣拖地、擦桌准备饭菜的时候吗？她的"金牌"男保姆呢？

秦依依踱步到厨房，锅灶是冷的，连米都没有煮！此时客厅的大钟正在敲响第六声。

秦依依家里有三大古董级的物件，其一就是客厅里的大座钟，比秦依依还要高，估计有一米八。古铜色的种，每隔一小时都会敲响，十二个钟头为一轮。

那么，现在是北京时间，下午六点整。

六点了！饭、菜、男保姆，一个都没有看到！秦依依再次杀气腾腾地冲到男保姆的房间。

这回她吸取了中午的教训，酝酿了一下情绪，礼貌地先敲了敲门，并且没有带擀面杖。

房间里面还是死一般的安静。

总不至于洗澡洗了一下午吧！秦依依又敲了两声，还问了句"有人吗"。

依旧安静。

秦依依只得扭开了门锁，推门而入。结果，眼前的一幕让秦依依以为自己差点进了婴儿房。

房间里粉红粉红的，连窗帘、被套、桌布，都被换成了粉色，"丁零零……"

秦依依抬起头，门框上还挂了一只粉色的风铃，上面有一个大大的"2"，真是够二的！

秦依依突然觉得这种房间布置风格真可爱，然而更可爱的是她的男保姆。

此人正在粉色的被子里酣睡，还打着呼噜，被角掖得密不透风，只露出一颗圆滚滚的大脑袋，婴儿般地微笑，好像做了个极好极好的美梦似的。

岂有此理！秦依依肺都要气炸了，你个保姆你居然午睡时间比你主人还长，还有没有王法、有没有天理了！

秦依依冲上前去，一把掀开被子开始咆哮："你还睡！都几点了？！"

男保姆睁开睡眼，惺忪地看了秦依依一眼，然后拉住秦依依尚停留在被子上的手，一把将女主人拉入了怀中，还打了个滚儿，叫了声"宝贝"。

"啊——"

秦依依开始尖叫，把男保姆吓了一跳，立刻从床上弹起，四面环顾说道："怎么了，怎么了？"

"啪"一个耳光打在男保姆的脸上，男保姆这才意识到被窝里怒气冲天的女主人。

"你、你这个色狼！你居然敢非礼你的雇主！我、我要报警！我要报警！"秦依依嘴里像喷了火似的。

"哎别别别啊！这里面一定有误会、误会……"男保姆陷入苦思冥想中。

"你还不给我闪开！找死吗？"

处于这种情况下的女人，情绪极度不明，千万别惹。

谁惹谁活该，我们的男保姆最活该，谁教他惹的还是自己的女主人。

唉……

半个小时后，男保姆在厨房与客厅之间健步如飞地穿梭着。

厨房热气腾腾，香味弥漫了整个客厅。

"开饭咯！"男保姆扶着围裙裙摆，屈膝做出了一个"请"的动作，颇有饭店小生即视感。

秦依依坐在沙发上，浑身冒着火光。

要不是半小时前男保姆哭天抢地烧香拜佛、众星捧月般地跟秦依依道歉求放过，秦依依恨不得立刻拨打 110。

那顿饭吃得也是浑身冒火。

当天晚上，秦依依熄灯睡下之后，觉得周遭黑漆漆的很可怕。她起身打开灯来，又觉得太亮，根本睡不着。

这时传来保姆的敲门声。

"这么晚了，谁让你上来了？！"秦依依怒气还未消，事实上，她正在盘算着第二天一早就换掉这个男保姆。

大不了再重新找别家的家政公司，我就不信还请不到别的保姆了！秦依依想着。

"我来给你送灯。上一任从你这里离职的保姆告诉我的，说你怕黑，得专门备一盏小台灯。这个灯是我拉着她一起去选的，亮度刚好，你以前也用过，只不过之前的灯前些天烧坏了，就丢掉了。我把灯放你门口了，你一会儿来拿吧！下午的事情我很抱歉，冒犯你了，希望你大人有大量原谅我。我以我的饭碗担保，我是正人君子，今后绝不会对你做出什么超出主仆范围的事情了。"

顿了顿，男保姆又说："我下去了，有什么事你叫我，晚上我不会睡得太死的。晚安了。"

秦依依听见他下楼的声音。

他和之前的保姆都是同事，那之前的保姆应该都知道我失忆这件事吧。所以会不会是我的失忆导致她们受不了我的呢？我的失忆是件很令人无法容忍的事吗？

秦依依又想起表妹苏珊的眼神、电话里家政公司的态度、医生的语气。

有些难过呢。

我究竟是个怎样的人呢？

秦依依起身打开房门，将小夜灯拿了进来。

果然，一夜安稳。

立正，我要给你立规矩了

早晨，阳光明媚，是个好天气！秦依依下楼，看见她的男保姆正在厨房忙活着准备早餐。

有个男人在家真不方便，不能再随便脱衣甩鞋了，也不能随心所欲地想干啥就干啥了。

真烦！

秦依依想着，可她又没有办法。一大早给三家家政公司去电，得到的答案都是，新的保姆至少要一周后才能到岗，最快的一个也要三天。

无奈，换保姆只能暂告一段落，至少先把这两天对付过去再说。

吃早餐的时候，秦依依一言不发，男保姆不敢讲话，在一旁默默地杵着。

"你给我听好了！"秦依依突然拍案而起。

"你，是我花钱雇过来的保姆！你应当明确你的职责！此外，要更加明确的是，哪些不是你分内的和绝对不能做的事情，不要给我解释你昨天还没睡醒误以为我是你女朋友了！这种神解释，只有鬼才会信！"

"是是是，主人，我错了！我保证绝对不会再有下次了！"男保姆赶在秦依依破口大骂前竖指立誓。

"你们家政公司给你们立了日常工作守则没有？没有是吧，好，今天我给你立！"

关于对男保姆的要求和职责，秦依依说立就立。

这种事情，一不做，二就休了。而一旦做了，就不会休了。

得知女雇主要给自己立"守则"的男保姆十分开心，他知道，有立规矩的想法，至少代表他不会被"休"掉了。

好样的！

想到这里，他扭着屁股开始快活地洗碗。

"保姆！过来！"秦依依喝道。经过昨天的"非礼"，秦依依对男保姆就不太友善，连名字都不喊了，直接喊保姆。

刚从油腻腻的厨房洗完碗擦着手迈着小碎步跑出来的保姆，还没来得及献媚，就被女雇主下令"立正"！

保姆一个激灵，没刹住车，差点摔个狗吃屎。

"这些守则，给我一字不漏地念出来！"秦依依甩给保姆一张纸。

"保姆守则……呃，第一条：早上要比雇主先起床，晚上要等女雇主安睡后方可自行休息。未经允许，不得上二楼；呃，第二条：早中晚必须做相应的食物，开饭时间分别分8点、12点和18点，可回旋时间为半小时内……呃，第三条：地板每天至少清扫两次、拖一次、擦一次，保证地板的光洁度；第四：家中必须保证足量的水果，我随时都可能要吃；……第十：不可以非礼女主，此种情况再出现，必死无商！念完了。"

保姆抬头看着秦依依，问道："这个'必死无商'是什么意思啊？"

"就是你死定了，毫无商议！"

秦依依做了一个抹脖子的动作。

"还有，其他几条，如果没有做到，扣工钱！"

"有些地方不合理呢，我可以发表一下自己的意见吗？"保姆问。

"可以。"秦依依在男保姆欢天喜地准备提意见的时候，又冷冷补充了两个字，"无效。"

果然，欢腾的男保姆立马疲软了。

"不过，你可以说。"

秦依依拿起果盘里的提子，开始品尝。不得不说，男保姆买的提子还是很好吃的。

"好吧，"男保姆开口了，"这第一条，要比你早起晚睡，万一哪天你突然5点钟就起来了或者哪天失眠看肥皂剧看到凌晨3点怎么办？有没有一个具体的时间标准呢？"

"没有。"好冷的女主人。

"这不科学！"男保姆反抗道。

"那你可以选择打开门，走！"女雇主摊了摊手，露出一副满不在乎的神情。

男保姆无奈，只得提出下一个疑问："那我要是晚起一回要扣多少钱？"

"这个数——"女雇主竖起食指。

"十块？"保姆笑嘻嘻地问。

"一百块。"女雇主不由争辩。

"这太不科学了！你有考虑过保姆的感受吗？"

"没有，你只需要做好你分内的事情。"秦依依倚靠在沙发上，用胳膊撑着脑袋，露出一副风情万种的姿态。

"好了，你就是我秦依依独家定制、如假包换的小保姆！从今天起，你，就是我的人了！"秦依依把"我"字说得特别重。

"秦小姐是不是《大话西游》看多了？紫霞仙子对至尊宝说的话记得这么清楚，连说话时的神情都一模一样……"男保姆开始套近乎。

"《大话西游》是什么？谁是紫霞？"

秦依依的话让男保姆终于彻底相信了她失忆这件事的真实性，遂油然升起一阵朦胧的同情心，看着看着，他差点就吻了过去，要不是手里的《保姆守则》突然掉在了地板上，还真是必死无商了！

"这张《保姆守则》，拿去贴到你的房间里，每天睡醒念一次，临睡前再念一次，争取背下来。"

小保姆听了直翻白眼。

"你要明白你现在在我心里很没地位，如果没有昨天那件事，我还不会这样毫无情面地对你，可是，是你犯规在先啊。"

秦依依的话让小保姆无法反驳、无以言对。

回到房间后，男保姆将《守则》贴在了门后面，这样躺在床上就能看见，果然是应了秦依依那句"每天睡醒念一次，临睡前再念一次"。

真是个"难搞"的主啊！我的主！小保姆打开电脑，开始捣鼓他的"大事"。电脑桌被他摆在靠近房间阳台的位置，一抬头，就能看到满院子的花草，阳光轻洒进来，多么暖洋洋的感觉啊！

两小只的日常

午休片刻后，小保姆一个蹬腿就从床上弹了起来，麻溜地穿好衣服，然后开始准备晚餐。

秦依依醒来之后踱下楼，窝在沙发里看电视。

她想看看关于表妹苏珊的报道，以便了解情况，但换了半天台，也没看到任何报道。

小保姆在厨房里听着电视此起彼伏的换台声，伸出头来问道："你要找什么节目啊，我帮你！"

秦依依这会儿已经不记恨保姆了，满心都是对苏珊的担忧和自责。她想联系苏珊，问问情况，却又不敢。内心十分挣扎。

"你说，如果一个人对另一个人做了一些事情，而导致那个人发生了不好的事情，那么该不该主动问问情况啊？"

小保姆愣了一下，理了理头绪，终于听明白了——就是秦依依做错事情咯。

"那得看你是有心还是无心的了。"

"当然是无心的！"

"如果对方是比较重要的人，还是问问吧。"

"嗯，可是，不知道该如何问。我……我……事实上，我是个记性不太好的人。"

秦依依说不出口自己是个失忆的人，她无法断定小保姆会不会同其他人一样也对她产生看法，只能支支吾吾地说自己记性不好。况且，"记性不好"，也是苏珊形容她的，这个词，她觉得自己比较容易接受。

她曾非常同情苏珊是个没有周期的女生，但此刻她觉得自己似乎比苏珊的情况更糟糕一些，因为自己是一个连周期都不记得是哪一天的人。或者说，周期准不准，稳不稳，量多还是量少，绵柔还是网面，她都不知道。

如果记忆也没有周期，那将会是怎样……秦依依悲伤地想。

"这没有关系，过好每一天，不就好了吗？"男保姆说。

他是知道的。

我失忆这件事，他有所听闻。

秦依依在心底幽幽地想。

不知为何，被一个刚认识两天的人知道了自己最大的秘密，秦依依没有自己设想中的那样不悦，相反，她觉得生活百无聊赖，发呆的时候连回忆都无法进行。而如今生活中闯进来一个起初并不太受欢迎的家伙，照顾自己的起居，漆黑的夜里送灯，烦恼的时候解围，倒也不赖。

"我不知道自己的曾经。我在这栋房子里努力想找出点什么来……来证明我的过往，可是这些东西都像是事先商量好了的，全部都逃掉了。"

"那你不妨打给你刚才说的那个很重要的人，问问？"男保姆小心翼翼地说。他的这位"失忆"雇主，生起气来暴跳如雷，而正常起来又是一副令人疼惜的模样。

人生真是百变啊！小保姆在心底默念。

秦依依沉思了几分钟，终于还是拿起电话，给苏珊打了过去。

"喂？"苏珊的声音。

"喂，啊，那个，我是……"

"表姐，姐妹俩就别客套了，有话快说。"苏珊还是那么直爽。

"啊，好……我就是想问问，你、你的事，怎么样了？"

"颇有好转。"苏珊说。

"是吗？那太好了！以后你就离那个男人远点，这样媒体就不会再瞎报道了……"秦依依喜笑颜开，压在她心头的大石终于碎掉了。

原来"胸口碎大石"的感觉，这么好！

"什么啊，为什么要远离啊！我们在靠近啊！我把我的事和他说了，他相信了。我觉得我们有发展的可能。"苏珊说。

原来"颇有好转"是这个意思，秦依依觉得自己又迂腐了。

"哦，那就好那就好，只要对你没有什么负面影响，你还可以继续演戏就好。"秦依依说。

"嗯，你放心吧，事情被压了下来，照片不会对外公开，媒体也不会胡乱报道了。对了，表姐，你的新保姆到了吧？还可以吧？"

苏珊的"随口一问"，令秦依依颇为感动，她原先以为苏珊是嫌弃她这个失忆表姐的，没想到她还是很关心自己的。

"还好，"秦依依高兴地说，继而又有点泄气，"可惜是个男的。"

"男的？男的好啊，万能！"苏珊给她打气。

"好吧。"秦依依无从争辩。

"苏珊……"秦依依喊道。

"嗯？"

"我想知道，我失忆前是什么样的人？我因为什么失忆的？我的父母呢？我还有其他的朋友，或者是男友吗？"虽然一连串问了很多问题，但秦依依的语气明显不是疑问，相反倒像是陈述句，好像这些都是说明，而还不是疑问。

苏珊沉默了几秒钟，接着一股脑儿地回答了出来。

"你是个好人，因为一次事故受伤失忆，我那时在外地拍戏，具体也不是很清楚。你没有父亲，母亲在两年前去美国和现任丈夫在一起了，你们很少联系，你女朋友不多，男朋友很多。就这样！"

苏珊的一气呵成竟令秦依依无言以对，此刻她只记得"男朋友很多"这五个大字。

竟然晕了过去

"那……"秦依依还没说完，就听见电话那头有人在叫苏珊。

"表姐，快到我试镜了，找时间我再去看你，先这样，你好好的！拜啦！"

苏珊挂了电话，秦依依若有所思。

"打完电话啦？"男保姆走过来，一面用纸巾擦干手上的水说，"今晚我们吃炖盅，还有半个小时就开饭啦！"

秦依依看着男保姆，说道："其实我一直搞不明白，很想问你。"

"嗯哼，请说。"男保姆换了个悠闲的姿势，斜靠在沙发背旁。他已经擦干净手上的水，正在往手背上涂防晒霜。他的围裙有两个大口袋，里面放满了瓶瓶罐罐，护手霜啊、乳液啊、精华啊，甚至连隔离都有，据说是为了炒菜的时候涂在脸上隔离油烟的。

"你很注重保养，按理说是个讲究的人。可你的职业偏偏是保姆，啊，我这里没有贬低这份职业的意思。但这个职业，以打扫、做饭、清洁为主要工作，每天接触的都是油烟、灰尘和污垢，这、这与你生活习惯相悖才对啊！为什么你还要做这份工作呢？"

涂完护手霜满脸轻松的小保姆翘起兰花指，对着灯光欣赏了下自己白嫩的双手，露出满意的微笑："因为热爱。"

秦依依忍无可忍："说人话！"

"因为没得选啊！"男保姆放下手来，看着她，说道，"我除了这些和上网，什么都不会啊！你知道这座城市每年有多少人失业吗？知道有多少人挨饿受冻吗？"

坦白地讲，多少人失业，多少人挨饿，秦依依都不知道数据，因为她几乎不会上网，失忆也一度带走了她很多技能。但有一项，她无比明确，那就是，受冻的人数，绝对只可能是 1，那就是他小保姆一个人而已！

听说过南方温暖城市会冻死人的吗？如果有，那一定是自己的保姆！

秦依依不是恶毒，只是拆穿了真相，她不知道这个世界上居然有男人这么怕冷。但是秦依依听罢保姆的话，忽然对他又生出一丝好感来。倒不是男女之间的那种好感，而是对他自力更生的一种小小敬意。

秦依依不会把自己的另一个秘密说出口的，她去见苏珊那天，在苏珊的车内，苏珊见她完全记不起以前的任何事情，便将秦依依的存款位置告诉了她。换句话说，不告诉她，她完全没法自力更生，甚至连活不活得下去都是个问号。

所以当秦依依回到家中的时候，找到自己的现金存放位置——衣柜背后的一个秘密橱窗，她开始庆幸自己有个好表妹。

而且完全不用担心钱会被盗，因为开启橱窗需要指纹验证，那个指纹是秦依依的左手无名指。

什么时候，我才能找到开启记忆保险柜的钥匙呢？秦依依在那时真希望打开来的不是钱柜，而是自己的记忆。

还好她有这么一笔不大不小的积蓄，否则自己接下来连生存问题都要发愁了。

谢谢失忆前的自己，好有钱！

哈哈，秦依依在心底自娱自乐了一番。

"我说，你笑啥呢？我说到这么严峻的就业问题你居然还能笑得出来？"小保姆有点严肃了。

　　"哦，不好意思，我不是那个意思。我只是、只是……啊对了，你说我应该用什么方法来储存现有的记忆呢？万一哪天我再度失忆，忘记了苏珊忘记了你，那可怎么办？"

　　秦依依应当选本年度最会转移话题的女主角。

　　一听到自己被女雇主摆放到紧跟着表妹的人生第二的位置，小保姆心里升起一阵欢腾的景象，幸福得都想高唱《难忘今宵》了。

　　"你可以写日记啊！把你觉得重要的、不想忘记的事情通通记录在一个本子上。这样就不会忘记了啊。"

　　"这个办法不错！"秦依依忙不迭地跑上楼去。

　　"我说，也不用这么着急吧！记得半小时后开饭啊！炖盅要吃刚出炉的！"这个女主人是有蛮搞笑的，失忆一次就够糟糕了，哪有人还惦记着再次失忆的！小保姆无奈地摇了摇头。

　　"知道了！"秦依依欢快地答道。

　　这顿饭吃得格外香，不知是小保姆的厨艺好，还是秦依依的心情好。她俨然已经找到了安放记忆的方法，令她不念过往，不惧将来，想想就励志！

　　吃完饭，小保姆开始收拾碗筷，碗上的油打滑，没拿稳，"啪"的一声就摔地上碎掉了。

　　秦依依闻声走过来，看到碎了的碗，并没有责备，而是让他小心点。

　　小保姆点点头，蹲下身去捡碎片，一个没留神，划破了手指，血一下子就流了出来。

　　"天呐！"保姆尖叫一声，晕了过去。

秦依依被这突如其来的状况搞蒙了，她慌忙蹲下身去推小保姆："喂！你怎么了？醒醒啊！你不要吓我啊！喂！"秦依依吓到了，她不知所措，只得再次打了个电话给苏珊。

　　"没事的，他只是晕血而已，你把他伤口清理一下，贴上创可贴，不要让他再看到血。然后扶他去沙发上躺会，就好了。"

　　"你确定？"秦依依问。

　　"哦，我有个朋友也这样，所以比较清楚。"苏珊说。

　　"那他不会有生命危险吧？我看他一动不动，好吓人！"秦依依说。

　　"不会的，你照我说的去做，十分钟后他如果还没醒过来，你再打我电话。"

　　苏珊的话让秦依依暂时平静下来，但她异常平静的话语令秦依依反而有点不习惯。

　　秦依依照着苏珊的说法，给小保姆止血包扎，其实也就是一个小口子而已，一下子就弄好了，接下来是把他扶到沙发上，这可要命了。

　　这小子人高马大的，秦依依用尽力气，各种拖拽扛，才将他扶到沙发上。满头大汗。

　　她去倒了杯温水，放在茶几上等保姆醒来喝，突然，一个似曾相识的场景滑过脑海，秦依依闭上眼睛，觉得这一幕曾经上演过——晕厥、清理伤口、贴创可贴、收拾残局、扶到沙发、倒水喝……

　　是的，这一连串的动作，很熟悉，就像昨天也曾发生过一样。

　　秦依依清醒的头脑令她觉得，这串代码，应该就是——记忆。

　　记忆的只言片语。

记忆眨了眨眼

看着受伤的保姆，想想失忆的自己，秦依依忽然觉得有些心酸。是啊，人都是需要被照顾的，因为没有谁是超人。

自己还可以因为失忆这件"小事"而请个保姆来照顾，那保姆呢？他是一个有晕血症的人，冒着随时可能发生的"危险"而坚持工作，切菜可能切到手指流血，破鱼可能被鱼刺扎破手流血，做家务可能磕磕碰碰流血……而且还不能和家人在一起。

看来我们都是需要被看护的那个人啊，我因为记忆故障被看护，他因为晕血惯犯被看护。

或许，相互依靠也是好的吧。

秦依依想着。

没一会儿，晕血的小保姆就醒了，睁开眼睛看着秦依依，并不说话。

秦依依回过神来，把水递给他。

"你好点没？"秦依依问。

"嗯，谢谢。"保姆接过水来，"老毛病了，没事，没吓着你吧？"

"没有，不过，我觉得有些奇怪。"秦依依不得不说。

"什么？"小保姆问道。

"你，以前认识我吗？不是，我是说我们以前认识吗？或者是你有没有朋友和我认识？不是不是……"秦依依语无伦次。

"你是想起什么了吗？"

"我想，我以前应该也遇到过一个晕血的人，也像今天你这样，不过那应该是我的以前……不对不对，应该是我以前发生过的事情……"秦依依语无伦次地表述着。

"那你还记得以前的那个人是谁吗？"小保姆关切地问。

秦依依闭上眼睛，努力地想了一阵，还是摇摇头："没法想出那个人是谁，我甚至连那个人是男是女和我是什么关系都想不起来……"

"那就不要想啦，"小保姆坐起身来，露出一个明媚的笑容："记不起来没准也是一件好事，这样你的生活从现在开始，都是崭新的不是吗？而且，简简单单，无忧无虑，多好。"

秦依依点点头，恢复笑容。

吃完晚饭后，小保姆问秦依依："你下午收拾的那些碗的碎片扔哪儿去啦？"

"在厨房的垃圾桶里。"秦依依答。

"哦。"小保姆"蹬蹬蹬"地跑进去，在厨房里一阵捣鼓。

"你在做什么？"秦依依好奇地走过去，看见小保姆已经把垃圾袋拿出垃圾桶，正在往垃圾袋上贴纸片。

"还有字，写的什么啊？"秦依依凑过去看。

小保姆把纸片转过来给秦依依看，上面写着"有玻璃"。

原来，是怕清洁工清理的时候划破手。

真是善良淳朴的小保姆。

"你幼儿园的时候应该得过很多小红花吧？"秦依依问。

"你又知道？"小保姆眯着眼睛调侃道。

"猜的，一般来说，善良的人打小就善良，恶毒的人都是后天才变坏的，所以，你小时候肯定就这样。"

"哈哈哈，这个分析得很对啊！"

"只可惜，"秦依依低下头："我不记得我小时候是什么样子了……"

小保姆见状连忙说："谁还记得小时候啊，我都不记得我幼儿园和小学时候的事了！没准儿我做过很多坏事呢！"

"嗯……不过，知道在垃圾袋上写'有玻璃'的人，一定坏不到哪儿去。"秦依依说。

小保姆憨憨一笑说："其实，我以前是没有这个习惯的，是一个女孩告诉我的，有一天她打碎了一只玻璃杯，我把玻璃清扫进垃圾桶的时候，她告诉我，清洁工都是用双手去清理垃圾的，顶多戴个塑料手套，垃圾袋黑乎乎的，清洁工是不知道里面有玻璃的，于是就在垃圾袋上贴了张纸条。"

"那姑娘好善良啊，是你女朋友吧？"秦依依笑道。

"是……我最爱的人。"小保姆扎好垃圾袋，看着秦依依笑了笑，秦依依会意，侧身让道，小保姆把垃圾拎出门外。

应该，应该每个人都有最爱的人吧！那么，我最爱的人出现过吗？也许出现过，然后我忘了他。也许一直都还没有出现……

其实就算曾经出现过，但他现在，在我失忆的时候并没有出现，那么，他一定是不爱我的吧，至少，爱得并不深，不然他一定会一直陪在我身边。

秦依依背靠着厨房的门，悠悠地想。

"怎么啦？"倒完垃圾的小保姆进门后看见黑暗中沉着脸的秦依依，关切地问道。

"我在想，我以前爱过的人会是什么样子。"秦依依说。

"动动你的脑细胞想一想，你觉得会是什么类型？"小保姆半开玩笑地说。

"关键就是觉得不出来啊！"秦依依说。

"那你希望是什么样的呢？"

"希望？嗯……希望是个好人吧……"秦依依此刻竟然词穷了。

"一定是好人！好啦，快去休息吧主人，没准儿睡一觉，你就把他给记起来了不是！"

"我还有一件事想问你，你必须如实回答。"

失忆的秦依依总是这样敏感，什么问题都恨不得加上"如实回答"四个字，生怕人家骗了她。因为，对于她要骗她，简直易如反掌。

"你问，我保证不骗你。"小保姆说。

"人们会嫌弃不正常的人吗？"秦依依小心翼翼地问。

小保姆立刻听明白是怎么回事了，随即答道："这个世界，被嫌弃的人只有一种，那就是坏人，作恶多端的坏人。对于善良的人，应该是被照顾的。"

"怎么听都像童话故事里骗小孩的！"秦依依白了小保姆一眼，"噔噔噔"地上楼去了。

小保姆目送她上楼，脸上不经意地，笑了。

第二章　99个前男友

当他们突然在某一个时段像听了集结号一般蜂拥而至的时候，也正是好戏开始的时候。

第一个男友，"郑"是梧意

阳光明媚的一天。

"叮咚，叮咚……"门铃在这时响起。

"大清早的，是谁呢！"小保姆起身去开门。

随着大门的打开，从屋外，走进来一个高高瘦瘦、长相斯文、表情和善的男人。

秦依依抬起头，看到一个她并不认识的人，于是她不解地歪着头打量。

"他说，是你的朋友。"

小保姆在一旁作答。

"朋友？"秦依依表情费解。

"小依，我是你梧哥哥啊！"

这名自称"梧哥哥"的陌生男子殷切地看着秦依依，眼里充满期许，仿佛一直在等秦依依的答复。

"还记得我吗？小时候我们一起长大的……"

此人名叫郑梧，28岁，身材修长，面容清秀，比秦依依大一岁的邻家哥哥。

秦依依不会记得，这可是她小时候立志要嫁的人。可惜这件事随着秦依依的搬家和转学而告终了。

"二十多年前的事情，我怎么会记得啊？"面对突然造访的青梅竹马，秦依依有些尴尬，冷不丁地抛下一句没心没肺的话。

"那个，你请坐吧，我去倒茶。"小保姆灵活地化解了这一尴尬局面，郑梧致以谢意，微笑点头。

坐下后，郑梧看着秦依依，依旧是用温和的目光，看得秦依依有点不自在。

这不能怪她，对她而言，此人相当于是一位陌生人，她总不能对一个初次见面的陌生人眉开眼笑的吧。

"嗯，你好，请问你来是有什么事吗？"秦依依开了个头，不希望这样一直冷场下去。

"哦，我、我来看看你，小依。"郑梧脸部的触动收敛了一些，转为一种喜悦的神情，一种秦依依无法体会到的情绪。

"我带了照片，都是我们小时候的老照片。"郑梧说着，便从包里掏出一个信封，递给秦依依。

"郑先生，请喝茶。"小保姆端来茶，彬彬有礼道。

"谢谢，客气客气。你是小依现在的男朋友吧？"郑梧问道。

还没等小保姆说话，秦依依抢答道："不是！"她意识到抢话太快，又有点难为情地低下头去。

"哦，我是她保镖，你别误会……"

"什么保镖？谁让你给自己升级了？你是保姆，保姆，保姆！"秦依依不等郑梧说完，就粗暴地打断更正，还重要的事情说三遍，到底是不管小保姆伍凌的死活了。

"你们慢慢聊，我去炖汤。"小保姆露出他那职业性的微笑，尽量让自己看起来毫发未伤，其实心里早已血流成河。

小保姆非常识大体地闪了，留下秦依依和郑梧两人，在客厅尴尬对坐。

秦依依低头看着一张张老照片，连头都没敢再抬起来。她生怕有个什么误会，令这位梧哥哥误解了她。她心心念念想着的"旧情"，那个"好人"，会是他吗？

"你……"秦依依抬起头来，看着郑梧。

"嗯？"郑梧微笑。

如这冬日里的一抹阳光，照在身上，温和明澈。他的笑容好温暖。

"你是怎么找到这里的呢？"秦依依问。

"哦，是你的表妹给我的地址。"

"苏珊？"秦依依脱口而出。

"对，是苏小姐告诉我的。

有一回我看到一张照片，里面拍到了你，虽然我们有十几年没见了，但我还是一眼就认出了你，你和小时候变化不大，连脸上痣的位置都一模一样。"郑梧望着秦依依的脸，微笑着说。

这人到底会不会说话啊！秦依依在心里愤愤地想。不会说话就算了，说完了还要盯着我脸上的痣，他是不是傻？

"你继续。"秦依依压了压心头的火，礼貌地说道，因为她看到郑梧的神情非常无辜。

有这样一种男人，他看上去温和友善，有着阳光般的笑容，但有时候因为不太懂女生的脑回路而说错话，继而睁着无辜的眼睛。

无辜，这种表情绝对是天生且自带的！

"然后我就联系到她，得知原来她是你的表妹。照片上的果真是你。"

照片？秦依依能想起来的最近的一次"合影"恐怕就是前两天在影棚外被狗仔拍到苏珊和男明星的那一次了，估计是因为当时离苏珊近，所以也被"包揽"到镜头里去了。

"你是说被狗仔偷拍到的那一次？"秦依依不想绕弯。

"啊，对！就是两天前。我意外地发现了你。虽然照片上你有点模糊，但我能认出来，那就是你。"郑梧儒雅地笑了。

"照片是狗仔拍的，我听苏珊说后来被压下来了，没有见报。那么，你怎么会看到的呢？"

纵使失忆，秦依依的逻辑思维还健在。

"其实应该称他们为记者，因为那是他们的职业。"郑梧微笑，他好像对一切都是那么有礼，反而令秦依依有些许不适。

"照片的见报需要经过我的手，被我扣下了。它们现在在你手上。"郑梧看着秦依依的手。

秦依依正巧翻到那几张照片，有苏珊，有男一号，有避孕药，还有她秦依依。

看来他说的有几分真实。

"那个，我去一下洗手间，你先坐会儿哈。"秦依依说着就跑上楼去，怀里抱着她的手机。正在厨房煮汤的小保姆探出头来看了她一眼，不用猜，就知道她是去给她的宝贝妹妹苏珊打电话了。

"事情的经过就是这样的，他说的是真的吧？"秦依依捂着电话小声问。

"是真的，表姐，照片确实是被他扣下的，你的住址也确实是我给他的。"

苏珊直言不讳，她可能不知道，接下来她就要被她的表姐教训了——"你怎么随随便便把我住址给陌生人啊！还有，给了为什么不告诉我一声？"秦依依头脑异常清醒，失忆后，她的意识里充满戒备。

"啊，你不觉得很惊喜吗表姐？邻家大哥哥对你惦记有加，费尽心思找到你，多有爱啊！"

"我谢谢你啊！你怎么就不动脑子想想，万一是坏人怎么办？把我住址给别人，万一……"秦依依忽然变得严厉起来。

"万一个神马啊表姐！他可是业界赫赫有名的大摄影师，时尚杂志的首席摄影主编，什么大牌明星火辣模特没见过啊！此人是出了名的正人君子啊表姐，他要是想对你图谋不轨，那应该是你的福音啊！再说了，你那不是有个男保镖吗，谁敢动你啊……"苏珊估计这会儿没在影棚，说话回归她那肆无忌惮的风格。

"不是男保镖，是男保姆！"秦依依激动地纠正道。

"好好好，男保姆，男保姆……"苏珊告饶。

秦依依继而发问："你说他是摄影师？所以你的那些照片是被最后一个关节的他给扣下了才幸免于难的？"秦依依问。

"对啊！那些拍照的都是他们杂志社的，这种大新闻的见报通常是需要主编审核的，所以，你懂的啦。"苏珊特意把"大新闻"三个字说得响亮，以体现她自认为的在娱乐圈的地位。

"这些照片现在在我手里，要不要我给郑梧让他发布一下，顺便给个头版头条？"

"别别别！表姐你别开玩笑啦！好啦，我以后再不把你的住址给别人啦！"苏珊投降。

弄清楚事情的来龙去脉后，秦依依走下楼来，小保姆正和郑梧有说有笑地聊着什么。这小保姆，还挺会待客的，小看他了。秦依依多看了他两眼。

回到沙发上，秦依依刚坐下，小保姆就识相地闪进厨房了。秦依依继续翻着小时候的照片，觉得小时候的自己肉肉的，还蛮可爱的。

可没多久，秦依依就觉得不对劲了。

"为什么你会有这么多照片，而我的家里，几乎一张都没有呢？"

秦依依想起这两天在家里翻相册，都是自己长大后的照片，并没有小时候的，当时她还纳闷来着。

"哦，"郑梧温和地笑了，"我爸爸是个摄影师，这些照片都是他拍的。我们小时候可都是他的模特呢，他经常给我拍照，还时不时地抓拍我们。后来你搬家了，这些照片洗出来后也没机会给你了。"郑梧说。

"这样啊……"秦依依点点头。

"不过这袋照片是专门拿来给你的，我用胶卷去洗了一份。还好小时候的相机都是胶卷的，还可以再洗。"

不是小时候相机好，而是你有心存好了这些胶卷才是。

秦依依在心里默默地想。

"小依，"郑梧唤她，"苏小姐已经把你的情况告诉我了，有什么问题你尽管问我，不用太担心，我不会因此而对你产生偏见的。相反，我很震惊，之后是惋惜。"郑梧真诚地看着秦依依，令秦依依无处躲闪。

像个被曝尸的倒霉鬼，所有人都知道她的秘密，而她却无以掩饰，无处躲藏。

"那个，你能再和我说说小时候的事情吗？是的，我记性不大好，都忘得差不多了。"

秦依依不想在一个"陌生人"面前说自己失忆，就搬来"记性不好"这样的借口想搪塞过去，不想却被郑梧给噎住了："当然可以，我的记性还不错。"郑梧没有意识到自己的一句随意玩笑话，令秦依依十分不快。

果然是不懂女孩子脑回路的男人啊。

这就好比你在一个盲人面前说你视力超群，在一个学渣面前说自己成绩佼佼，在一个离异人士面前晒幸福秀恩爱。

秦依依不快，却又无可奈何，唉，大概也是无意中伤吧，这样一个天生无辜无害的人。算了算了，听听他讲的小时候的故事吧！

"我们小时候住在一个大院里，大概有十多户人家。我比你大一岁，基本上，从记事起我就认识你了，你比我小一岁，所以常常都是一边喊我'哥哥'，一边跟在我身后跑来跑去，就是我的'小跟屁虫'。"郑梧说道。

本是小时候的一句玩笑话，但秦依依又感到不爽了，因为她已经长大了，突然在她面前说她是个"跟屁虫"，实在是不能愉悦起来。

"我父母是做什么的呢？"秦依依换了个频道。

"你妈妈是广播员，有着一副好嗓音，唱歌很好听，你们家早早地就买了音响和VCD，你妈妈经常在家唱歌。

她喜欢关着门唱，我们就搬着小板凳在外面排排坐，听她唱。"

"她都唱什么歌？"秦依依来了好奇心，很难想象一个女子能因歌声而吸引一帮熊孩子的。

"唱邓丽君的比较多，还有徐小凤的。有一首《明月千里寄相思》，唱得简直就跟原唱一样！你等等，我用手机搜出这首歌来给你听听，你看看能不能回忆起什么来。"

郑梧说着，翻出手机，开始找歌。

"你那么小就知道是什么歌星的歌啊？"秦依依随口问道。

"呵，倒不是，小时候我们哪管是谁唱的呢，只管好听。但我记歌的水平比较高，长大后知道的东西多了，自然就知道当时的那些歌都是出自谁的作品啦。"

郑梧又没有意识到，自己的一句"记歌水平高"，再度挫伤了秦小姐脆弱的心灵。

彼时，他找到了那首徐小凤的《明月千里寄相思》，歌声大作，冲淡了差点胶着的气氛。

"夜色茫茫 / 罩四周 / 天边新月如钩

回忆往事 / 恍如梦 / 重寻梦境 / 何处求

人隔千里路悠悠 / 未曾遥问 / 心已愁

请明月 / 代问候 / 思念的人儿泪长流

月色蒙蒙 / 夜未尽 / 周遭寂寞宁静

桌上寒灯 / 光不明伴我独坐 / 苦孤零

人隔千里无音讯 / 欲待遥问 / 终无凭

请明月 / 代传信 / 寄我片纸儿为离情"

郑梧本想以这首歌唤起秦依依对"离别之情"的感触，或者回想起小时候，可没想到秦依依却想起了自己"未曾谋面"的妈妈——从她失忆以来就没出现过，又或者，出现了又离开的人。

秦依依落下眼泪。

音乐戛然而止。

"小依，你怎么哭了啊……是不是这首歌太伤感了，我换首……"郑梧没有料到秦依依竟然听哭了，慌忙关掉音乐。

"不用了，别放歌了。别说我妈了……"

秦依依用纸巾擦掉眼泪，如果可以，她多希望妈妈能来看看她。

"好好好，不说阿姨了，"郑梧慌张得像做贼一样，他一个斯文人，哪里受得了女孩子哭，想了半天，终于换了个话题。

"我们说说叔叔吧！嗯……叔叔是一位高中老师，很严厉，但很疼你。你知道吗，你现在，我是指你长大后的样子和叔叔很像！你可以看看这张照片，是你 8 岁学单车的时候，你在前面欢快地骑着，叔叔扶着后座一路跟着车小跑。"

郑梧指了指桌上的一张照片，秦依依于是拾起那张照片，仔细端详。

那个扶着后座，穿着衬衣咧嘴大笑的男人，确实和自己有几分相似。不对不对，应该说自己和他相似。一样的大眼睛，高鼻梁，笑起来有一个酒窝，还都在左脸……

"都说女儿像爸爸有福，秦小姐果然艳福不浅。来，吃水果。"小保姆端来一盘榴梿。

秦依依恶狠狠地瞪了小保姆一眼，拿起其中一瓣榴梿，吃了起来。

"你还是和小时候一样啊，喜欢吃榴梿。"郑梧微笑道。

"是吗？我自己都不大记得了。"

秦依依不知道自己喜欢什么，只觉得每次小保姆给她准备的东西她都爱吃。可能自己就是个吃货吧，只要是吃的，统统来者不拒！

"你不吃吗？"秦依依见郑梧迟迟不肯"动手"。

"哦，我不太能适应这个气味……"郑梧尴尬地解释。

"对啊，这个世界能接受臭味的恐怕也只有秦小姐了，您说是吧？"小保姆竟然还和郑梧聊了起来，令她十分无语。

"榴梿怎么臭了？你们真是没品位的人！你，既然不喜欢榴梿，干嘛要买啊？"秦依依现在看小保姆很不顺眼。

"你的前任——保姆，告诉我的啊。"小保姆故意把前任两字拖得老长，还故意看了看郑梧。那模样，十分欠揍。

郑梧明媚地笑了，随即问道："你怎么称呼呢？"

"免贵姓伍，队伍的伍，伍凌，你好！"小保姆说着伸过手去，全然不顾自己沾满榴梿汁的手，与郑梧握了握。

郑梧倒不"嫌弃"，恭敬地伸出手去。

"郑先生真是谦谦君子，不看低下人，是高人！"小保姆说道。

还真看不出啊，这小保姆动不动还出口成章了。秦依依吃着榴梿，又多看了小保姆两眼。

"哪里哪里，这个世界是大同的，无所谓高低先后之分的。"

"关'先后'什么事啊？"

秦依依张开满是榴梿的嘴。瞬间一股清新的榴梿气息扑面而来。郑梧忍不住，起身说了声"失陪"，跌跌撞撞地去了洗手间。

"搞什么啊？还没回答问题就走了，你还说他谦谦君子呢！"秦依依望着小保姆，一脸不爽。

"那是，您也不看看您嘴里吃的是什么。一张开嘴，那个气息，哦，我可以称你为'榴梿公主'吗"小保姆总是能在任何时候、任何场合肆无忌惮地调侃他的女主人。

"你是不是要明确一下自己的身份？"秦依依点中他的死穴。

"是是是，您慢用，小的告退。对了，这位'梧哥哥'，有很靠谱的感觉哦！"

小保姆收拾完秦依依的榴梿残局，贱兮兮地说道。

这时郑梧也从洗手间出来了，他看样子是洗了把脸，头发上还沾着水。

"你住的这里环境不错，我刚才一路过来，发现附近的景致，下次我要来这儿取景。"

郑梧重新坐回到沙发上。

"你是摄影师吧？"秦依依明知故问。

"嗯，从小跟着我爸，耳濡目染了。"郑梧谦虚地笑道。

"看样子，他刚才说你'谦谦君子'还真是描述得很准确欸！"

秦依依想缓解一下刚才有些尴尬的'榴梿气氛'。

"伍先生是个慧人。"郑梧眉开眼笑。

"那我呢？"秦依依突然发问，令郑梧措手不及。

"你啊，嗯……你很可爱……"郑梧好不容易想到个词。

“可爱的人？是因为我在你的记忆里一直都是个小孩子的模样吧！”秦依依笑。

“是啊，我们只认识了十年，也可以说是十一年。因为你是十岁那年搬走的，而那时的我，已经十一岁了。我固执地认为你还在你妈妈的肚子里的时候，我就认识你了。因为那个时候我们已经是邻居，我似乎还能记得你妈妈大肚子时候的样子呢！所以可以这么说，你的十年，我的十多年。”郑梧温柔地说道。秦依依忽然觉得这话听起来很暧昧，尤其是最后一句“十多年”。

莫不是郑梧等了自己十多年？他们分别也不到二十年，差不多也就是十多年的时间。

秦依依忽然有些心跳加速。

“那个，我小时候是不是喊你‘梧哥哥’啊？”秦依依没话找话说。

“对啊，你小时候嘴特甜，院子里的老人都特别喜欢你，总是留着糖给你吃，所以你小时候牙齿不好，都被虫蛀了，哈哈。”

说起小时候的趣事，郑梧总能开怀，秦依依倒有点窘，她觉得她有太多秘密掌握在郑梧手里了，可自己对郑梧却一无所知。

“你小时候是什么样的人呢？”秦依依又开始有一搭没一搭地找话说。

“我小时候啊，有点内向，闷闷的，只喜欢看动画片。你就天天跑来我们家，和我抢电视看。那时候，我家里刚换了一台新彩电，遥控器被你摁坏了好几个呢！”

看样子趣事还真多，秦依依开始饶有兴趣地聆听。

“我们小时候一起做过很多颇有意义的事，比如一起养过一条叫‘大飞’的大黄狗，后来狗生病了，我们就一起抬着它去兽医站，当时我们好像才六七岁，那狗十分沉重，我们竟然就这样抬着它走了一公多里。”

“那最后狗救活了吗？”秦依依关切地问。

"没有呢……兽医给打了针，狗狗坚持了几天，还是没活下来。你把自己关在家里哭，大人们都吓坏了，不知道出了什么事，只有我知道原因。我从你家后院的围墙翻进去，跑到你家，和你说了好多话，我都不知道我竟然有这么多话可以说。"郑梧不好意思地抓了抓头发。

"你都和我说了什么呢？"秦依依问。

"记不大清楚了，大概就是你的悲伤，我能感同身受，类似的意思吧。"

"还文绉绉的啊！"秦依依笑。

"哈哈，当时当然还不会说这么文绉绉的话，大致就是说你别伤心啦，你看我也很伤心，但我就不哭，我哭了，狗狗走得就不高兴了。"

"你还挺会哄小孩的！"秦依依笑了。

"是吗，是吧，嘿嘿。后来我们还一起养过蚕，我比你养得多，你就每天跑我家偷一条回去。于是你的蚕越来越多，我的越来越少。然后你就不干了。"

"为什么不干了啊？"秦依依不解地问。

"因为蚕要吃桑叶啊！养得越多，桑叶就消耗得越多。我们院子里没种桑树，要骑车去两公里外的园子里去摘。这是一项体力活啊，你当然不干啦！"郑梧笑道。

"哈哈，那后来怎么样了？"

"后来就是我骑车去摘来我们两个人所养的蚕宝宝的桑叶啊，三分之二归你，我只留三分之一。因为你太会说话了。"

"是吗，我都说什么了？"

"你说，蚕宝宝是我们两个人的孩子，要一起养。爸爸要负责外出找食物，妈妈则负责在家喂食物。所以我就义不容辞地出去摘桑叶啦！"

郑梧眨眨眼睛，又令秦依依感到不好意思了。

不过，儿时的话岂能当真！我们都是奔三的人了，又不是三岁的小毛孩，有啥不好意思的啊！

秦依依在心里辩论了一番，这才心安理得起来。

"小时候我们常常玩过家家的，我演爸爸，你演妈妈，你的洋娃娃就是我们的'宝宝'。你说爸爸要保护这个家，所以我就越来越勇敢，也越来越开朗。我一直都想对你说，是你改变了我，让我从一个内向的孩子，成为一个性情开朗、勇敢的人。小依，谢谢你。"

"都是邻居，谢啥，不谢！"秦依依爽快地说。

"我长这么大，带给我记忆最深刻的，就是我儿时的时光，那种两小无猜的感情，是无论如何再也遇不见了。"郑梧缓缓地说。

"谁说再也遇不见了，你这不是找到我了吗！"秦依依不知从哪里来的勇气，脱口而出。但她说完，立马反悔了。

作为一个女生，是不是该矜持一点呢？秦依依啊秦依依，你在想什么啊！

"小时候，我以为我们不会分开的，会一直住在一起，一起念完幼儿园念小学，念完小学念中学、大学，毕业，然后……"郑梧忽然就打住了。

"啊，那个，人生嘛，总有悲欢离合嘛！看开点！"

秦依依拍了拍郑梧的肩膀，颇为仗义。

"你知道你小时候说的最甜、最可爱的一句话是什么吗？"郑梧问道。

"是什么？"

"你说长大了，我们还要一个做爸爸，一个做妈妈，然后一起生一个宝宝。你还记得吗？"

郑梧凝视着秦依依，令她无处躲闪。

她忽然就来气了。

真荒谬啊，岂可童言作真言！她十分不悦，当即起身说累了，让保姆送走了郑梧。她觉得，对于一个才"认识"一天的人而言，就对她说出"生孩子"这件事简直太荒谬、太轻浮了！

伍凌礼貌地送走了郑梧，关上门，走到秦依依身边，给她倒了杯水。

"我们才认识一天！不对！还不到一天！就说生孩子了，你不觉得这人太过分了吗！"秦依依像是自言自语，又像是在问伍凌意见。

伍凌把水递给秦依依："先喝口水。"

秦依依喝了一大口，放下杯子。

"其实你什么都好，就是有时候脾气太急。"

秦依依扭头看向伍凌，眼里满是询问。

"我刚才在厨房里炖汤，都听见了。其实你应该这样想，对你而言，你是才认识他不到两个小时。但对于郑梧呢？你可是他认识了十年，哦不，十一年，然后失散十多年最终重逢的人欸。"

"你想想，小时候的那十年，你们啥没见过啊！他站着撒尿的样子你一定见过，那不用说，你洗澡的时候他也肯定见过。一起说过最幼稚的话，做过最幼稚的事，你信不信，保不齐你们还在一张床上一起睡过，这并不稀奇。两个几岁的小朋友，玩累了就倒在谁家的床上一起睡着了，大人看到了还会轻轻给你们盖上被子怕你们着凉。老实说，这没什么害臊的，都是童趣，是你自己以一个成年人的眼光来看待这件事，才会觉得害臊。你再想想，一个几岁的娃娃，能知道生娃是什么意思吗！正是不知道，才会说啊。你要知道，那可是二十多年前的你啊。"

"那他也不能在我们第一天见面……好吧换个词，第一天重逢的时候就说出这样的话来啊。我是二十多年前说过，可现在是二十年后了啊，在一个单身女生面前说出'生孩子'三个字，你不觉得过于轻浮了吗？！"秦依依不甘示弱。

"他应该只是想让你回想起当年的那些事情来。"

"那我真要谢谢他了啊！"秦依依说，"难道他来找我，就是为了和我讲小时候的故事？没事儿光唠嗑以前的事情干啥啊？就不能与时俱进说点当下和未来吗？"

"你想和他有未来？"伍凌问道，眼神直逼秦依依，仿佛一眼就看穿了她。

"哪有啊！怎么可能！我和他又不熟！哎，你什么时候变得这么犀利了？！"秦依依又开始转移话题，但发现伍凌依旧盯着自己。

"我没那个意思！我是不可能和一个才见面的男人怎么样的！"

"自我保护意识很强，这点我欣赏。"

伍凌说着，一面走到茶几旁开始整理上面散乱的老照片。他一张一张小心翼翼地拾起，仔细端详。

秦依依看着他："喂，你看个什么啊！"

"我发现你小时候长得很萌的，腮帮子上的肉都快长到肩膀上了！"伍凌笑道。

"你能不能有个正经？"秦依依从沙发上甩出一个抱枕，伍凌机智地躲开了。

"能！我问你，看到这些照片，听到郑梧和你讲的这些儿时趣事，你有没有想起点什么呢？"伍凌认真地问道。

这一问，竟然把秦依依给问懵了。她呆坐在那里，仔细回想着刚才的事情，表情十分纠结。

"好啦，想不出就别想啦，走啦。"伍凌整理好照片，转身就走。

"干吗？"秦依依问。

"喝汤啊大小姐！我炖了三个小时的汤，可以喝啦！"

秦依依这才闻到厨房飘来的香气，连忙跑去洗手喝汤。

伍凌做的是天麻炖鸡汤，大块大块的天麻，在秦依依碗里堆成小山。

"好了够了够了！这么多我怎么吃啊！"秦依依抱怨道。

"你要多吃天麻，我问过脑科医生，天麻对于大脑的作用十分明显，缺啥补啥吧，啊！"

"你损人也是够高明的啊！"秦依依瞪着伍凌。

"我也是希望你能快快好起来，出于……出于一个保姆的职责。"

喝到一半，秦依依忽然说道："我想起来了！"

伍凌一惊："想起你的小时候了？"

"不是不是，我想起这个汤的味道了！我觉得我喝过！"秦依依兴奋地叫道。

"天麻炖鸡汤，是非常常见的一种汤，你喝过，当然不稀奇啊。"

秦依依没理他，自顾自地乐了好一阵子。

那天的汤真好喝，秦依依喝了两大碗。

夜里，她回到房间，拿出日记本，开始写这一天的"遭遇"。

她喜欢将这件事情称为"遭遇"。

没有准备好的，突然发生的，半路造访的，都是遭遇。

秦依依写下这句话，然后开始记录她人生的"第一个男友"，一个小毛孩的混沌无知的好感。她用笔在那一页上标了个"1"。

第一个男友

今天来了一个旧相识，算是我小时候的"小男友"吧！那么，应该是我人生中的第一个男友了。

小时候的感情真好笑啊，幼稚又单纯。

我当妈妈，你当爸爸，一起养狗，一起养蚕，一起为狗狗死去而伤心，一起为蚕宝宝摘桑叶。

我们养的狗狗叫大飞，养的蚕不计其数。

我是他的小跟屁虫，他是我的邻居哥哥。

他说和我阔别了十几年，如今找到我，我不知道这是一种什么暗示。

原来在他眼里，我是个可爱的人。或许"可爱"的意思，就等同于幼稚吧。

幼稚的，不满十岁的小姑娘。

老实说，看到他，我虽然什么也没记起来，但他坐在我身边，讲那些过去的事情的时候，我还是觉得很亲切的。

或许冥冥中我是记得他的吧，所以才不会排斥他，当然，他说他记性好的时候我还是有点生气的，确切来说，应该是——嫉妒。

他记得我们小时候所有的事情，而我连他是谁都给忘掉了。

命运如此不公，我的遭遇。志之。

第二个男友，"夏有惊鸿"

收到那个包裹是在一个温暖的午后，秦依依还在为头一天来了个莫名其妙的邻居哥哥感到心神不定，吃罢午饭，她便早早地回房休息了。

她觉得身边的人多了起来，虽然还没串起过去所有的记忆，但想想从此以后除了苏珊和小保姆，又算是多了一个"熟人"郑梧。

她怎么也忘不了，四天前她一觉醒来发现世界变成卡其色的场景，那时候觉得所有的一切都是空白而混沌。过去是未知，当下是不知，未来是不可知。

她迫切地希望过去与自己有联系的那些人重新回到自己身边，但又忧心忡忡。纵使所有的人都回来了，对现在的她而言，也只是一堆颇有密集恐惧感的陌生人而已。

她一个都不认识啊！

辗转反侧了半小时，没睡着，反而越来越清醒。

秦依依披上外套，下楼去往客厅。

还在楼梯上，秦依依就看见小保姆坐在沙发上认真地捧着什么东西在看。

这小子，有什么好东西，还非得趁我午睡的时候藏着掖着！

秦依依轻手轻脚地走了过去。

凑近一看，原来是本书。秦依依舒了一口气，不知为何，竟有种"捉奸未遂"的感觉。

"天呐！"小保姆被身后不声不响出现的女主人吓了一跳，一面拍着受惊的小心脏，一面费解地问："大中午的你不睡觉，跑下来干啥呢？"

"看不出啊，伍先生是文化人。"秦依依傲气侧露，颇有第一天和小保姆见面问道的那句"伍先生是上海人"的霸气。

"什么啊！这个啊，这个……"伍凌一时语塞，只得胡乱把书丢给秦依依。

"我刚准备回房睡午觉，门外突然有快递。我掂了掂，发现里面有本书，就打开看看啊……"

"你私拆我快递？"秦依依忽然明白了点什么。

小保姆急忙摆手："不是不是，我得先验货确认物品完好无损再签收啊！不然万一损坏了怎么办？我可赔不起啊！"

"什么书来的？"秦依依貌似没有为难小保姆的意思，小保姆这才放心，擦了擦额头上的冷汗。

"是本情书集，几十封情书合成的，我看了几封，还不错的感觉……"小保姆说着，把书递给秦依依。

"谁寄的？"秦依依接过书，漫不经心。

"不知道，没写名字。不过，这里有封信是给你的，用信封装得好好的，呐你看，我没拆啊！我可不是那样的人！"小保姆将桌上的那封信递给秦依依，信誓旦旦地说。

秦依依遂放下书，接过信来。只见信封上赫然写着一行字——秦小依亲启。

"原来你叫秦小依啊，失敬失敬。"小保姆阴阳怪气地说，还故意行了个礼。

秦依依瞪了他一眼，拿着信上楼了。小保姆觉得无趣，于是抱着那本书继续饶有兴趣地读着。

拆开信封的一刹那，秦依依忽然有种似曾相识的感觉，对，就是这种拆开信封的感觉。好像曾经也有人这样写信给自己，还写过很多，因为潜意识里，似乎拆信的这个举动是有很多个场景的，但都很模糊。秦依依懒得去想那么多，取出信来。

是一张邀请函，上面写着："'情书杀手'夏有惊新书发布会"，诚邀秦依依女士到场。

"这什么啊？我又不认识他！"秦依依又跑下楼来。

小保姆伸长脖子瞅着邀请函上的字，秦依依正在纳闷，一抬头看见保姆的长颈鹿模样，又低头看了看手中的邀请函，不耐烦地撇了撇嘴，直接将邀请函甩了过去。可能是没好气的缘故，扔偏了，小保姆差点没接住。

这场面，有点滑稽。

"这人你以前应该认识。"小保姆看完邀请函，故作深沉地说道。

"是吗？"秦依依满脸问号。

"你看看这本书吧。一起寄过来的。"

秦依依接过书。

"夏有惊鸿，依见钟秦……"秦依依不由自主地念出书名。

"唉，这个'依见钟秦'说的应该是你吧？秦依依嘛！这个'夏有惊'，就是书的作者，也是给你写信的人，你们之前肯定有过纠缠。"小保姆分析道。

"可不可以不要用那么浓烈的词？"

秦依依被"纠缠"二字激怒。

"你不懂，文人呐，就是喜欢这样的词汇，越浓烈，越真性情，越痴情。

而且他在书里也用了这个词欸。"小保姆一面故作高深，一面恰到好处地替自己开脱，哄好了自己即将发怒的女主人。

"你是说，那本书，和我有关？"秦依依果然消气了。

"是啊，你看看不就知道啦！"小保姆怂恿。

"这个书，为什么这么厚呢……"秦依依冷不丁冒出这样一句话来，小保姆知道，要她的女主人看完这本书，估计是没戏了，于是换了个频道，再次怂恿。

"那就去看看他的什么新书发布会呗！你看，日期就是明天下午欸……"

伍凌，名义上的小保姆，实际中的好奇宝宝，对万事都保持着好奇。现在秦依依严重怀疑他之所以愿意来她家做保姆，是因为对失忆这一体征以及倒霉这一体质产生了好奇。

"不去，来者不善，万一图谋不轨怎么办！"秦依依不为所动。记性不好的她，虽然也挺好奇，但也止于好奇。

记性不好，但理智还算在线。

"就一个发布会，又不是就你们两人，如果是那样，我也不放心呀……"

小保姆说到"不放心"三个字时，秦依依轻蔑地看了他一眼。

"我是说，你可以不要一个人去啊，可以叫上苏珊陪你去啊……"小保姆知道秦依依的顾虑，其实她是怕那种场面自己一个人应付不过来。

"叫上苏珊？"秦依依有点动心了。小保姆拿起电话，见秦依依并没有反对，于是便给苏珊拨了过去。

"发布会？一个作者？表姐你不是疯了吧？"苏珊在电话那头吼道。

"是吧，我也觉得我不能去，万一……"

"谁管你去哪啊，你这身份，爱去哪去哪啊！"苏珊直接打断了秦依依，心直口快地说。

"主要是我的身份啊，我可是明星！我到场会惊动所有观众，然后将那小作者喧宾夺主！我怎么能随便出场呢！"搞了半天，是在说她。秦依依默默地准备挂电话。

"哎，表姐！"苏珊赶在秦依依挂电话前喊住了她，"我不能陪你去，你家那位可以啊！"

"我家哪位？"秦依依已经被苏珊弄得力气全无。

"那个男保姆啊！在这种时候，他应该站出来充当私人保镖的角色啊！有没有看过电视啊！"

果然是演戏的，半句不离本行。

猜出点苗头的小保姆瞅了瞅泄气的秦依依。

"主人，表妹不陪保姆陪！你还有我啊！"

"好！"秦依依站起身来宣布，"从现在开始，你就是我保镖！"

保姆晋级保镖，小保姆完胜。

发布会那天阳光明媚，跟在秦依依身后的小保姆终于不用叫冷了。这个从赤道过来的逗逼，如此怕冷，上辈子一定是得罪了南极仙翁，所以终生都将活在天寒地冻中。

也是活该。

秦依依以这四个字，总结了小保姆的一生。

到了书店门口，就看见熙熙攘攘的人群，秦依依和小保姆走了进去，立马就被淹没掉了。他们甚至都能听见身边的人潮在议论今天新书发布会的主角，一口一个"好深情啊""好感人啊""太会撩了"。

秦依依越发摸不着头脑了。她发着愣，随波逐流着，想回想起和这位

"深情感人又会撩"的男人的些许过往，可什么也想不起来。非但没能想起来，体内该死的倒霉体质又发作，她和保姆伍凌，被人群挤散了。

这可咋办！秦依依的提包还在他手里呢！钱包手机身份证，全在包里！自己一个"三无"女人，完全不知道该怎么办了。

她试着叫了几声伍凌的名字，但人实在太多，还很嘈杂，她那点分贝连噪音都算不上，又谈何让别人听见呢！

就在那时，秦依依的脑海中一闪而过些许似曾相识的场景来：也是在一个喧闹的地方，人来人往，她和谁走散了，她记得有人告诉过她，如果和自己走散了，就站在原地不要动，他会原路返回，直至找到她。

可怎么也想不起来那人究竟是谁，连个模糊的轮廓都没有。

穷途末路的秦依依选择采用她好不容易记起来的这个方法，站在原地等待着。她不敢乱跑，这个世界是陌生的，是不安全的，是不可信的。可是等了好久，人群逐渐变得稀少，发布会大概已经开始了，可是秦依依不想一个人去看。她不知道要如何面对这样的场面。

还是没有看到小保姆。秦依依有些沮丧。这时，书店的广播忽然响起——"请秦依依小姐到书店2楼收银台处，请秦依依小姐到书店2楼收银台处……"

还不算傻！知道用广播找我！秦依依豁然开朗，欢快地上到2楼，去到收银台处，可是那里并没有小保姆啊。

这是搞什么？！秦依依正在纳闷之时，一个年轻男子走过来，礼貌地问道："您好，请问您是秦依依小姐？"

秦依依警惕地看着他，直到看到此人穿着书店的工作服，这才放松下来。

"请跟我来，您的朋友在这边等您。"工作人员说着就开始引路，秦依依只得跟了过去。

这小保姆，不在这儿等老娘，还要绕这么大的弯子，看我等会儿怎么收拾他！

秦依依在心里愤愤地骂着，不知不觉竟被工作人员带到了台前，嗯，发布会的台前，距离今天书店主角不到五米的地方。秦依依回过神来，看着这番场景，懵了。

那是一个身材修长，头发不修边幅，穿着看似随意却颇为文艺的男人，浑身散发着青春张扬的气息，有着迷人的侧脸，高挺的鼻梁，瘦削的下巴。

他转过头来，看到秦依依的时候，眼睛眯成了月牙。

他手握着话筒，走下台，向秦依依一步步走来，月牙里有清泉，发着光。台下坐着的人们都站了起来，集体探着脑袋看向秦依依这边，有些女生还发出了尖叫，秦依依怎么听都觉得像是狂热的追星场面。

而现在最重要的是，对面那个长得不错的男人正走向自己，十步，九步，八步……越来越逼近了！秦依依像尊蜡像似的站在那里一动不动，大气都不敢出一声。直到她的手被牵起，她忽然觉得自己变得很轻很轻，几乎快要失去重量了。

所谓失重，大概就是这样吧。

秦依依的大脑已经完全无法正常运转，她被今天的主角牵着，一直走到了台前。然后场下开始骚动，粉丝开始欢呼。她看看左边，在尖叫，看看右边，在举牌。她定睛一看，写的都是"夏有惊我爱你""惊爷我们永远支持你""夏有惊鸿·'依'见钟'秦'"。

看着台下的姑娘，秦依依知道她们个个都把自己幻想成她——那个被主角牵着的女人。

她好像明白了，原来她被工作人员带到了新书发布会的现场。那此刻，站在她身旁的，牵着她手的人，就是写信给她的人。她忽然紧张到无法呼吸。

　　大概是手心出汗了，被身旁的男人察觉，他笑了，秦依依尴尬地想抽回被紧握的手，怎料对方不肯，反而握得更紧了。

　　男子终于发话了，他把话筒移到嘴边，声音颇具磁性："好啦亲爱的姑娘们，惊爷我已经感受到你们的爱了，喏，满满的！比心！"说着居然还拉起秦依依的手比了个桃心。

　　台下又是一阵闹腾，那帮女生大叫着："惊爷我爱你！"

　　不消说，这"惊爷"，自然就是那"情书杀手"夏有惊了。这确定是一作家而不是演员吗？秦依依十分郁闷。

　　而更郁闷的是，身旁的这位惊爷，居然单手送飞吻给台下的女粉丝，引得台下的一帮小女生春心荡漾，个个娇羞得不行。

　　真不愧是情书杀手，情场高手，撩妹好手。

　　"放手。"秦依依冷冷地说了两个字。

　　正在送飞吻的"情书杀手"立马打住，这才发现了秦依依愠怒的脸色，于是稍加收敛了些，并示意他的女粉丝们安静。

　　"放手，再不放我喊人了。"秦依依的表情容不得商量。

　　"嘿我说，""情书杀手"变得幽默起来，"秦小依同学，你不记得我了吗？我是夏鲸同学，夏天的夏，鲸鱼的鲸，高中时坐在你的后桌啊！"

　　情书杀手转身对着秦依依，深情款款。

　　"你是职业病吗？"面对自带深情的情书杀手，秦依依丝毫不给他面子。

　　"啊，什么？"情书杀手微微皱眉。

　　"把调情当职业。"秦依依语出惊人。

　　"哈哈！"夏鲸笑了。

　　他居然笑得出来！秦依依心里又是一阵翻腾。不过，不可否认的是，他笑起来，确实很迷人，难怪那些台下的小女生个个被他迷得春心荡漾的。

这世界上有一种人，他可能不是十分帅气，但他的才气，只拿出一分来，就已足够。换句话说，读过夏鲸的书的姑娘，只要看到他本人，无论燕瘦环肥，都能被他迷得神魂颠倒的。

所以不管他长着一张什么样的脸，她们都爱他。

这，就是崇拜。

可这又怎样，老娘还是不认识他啊！

就在这时，秦依依看到了在台下东张西望的小保姆伍凌，顿时不假思索地喊："伍凌我在这！"

伍凌循声望来，看到此情此景，先是一愣，看样子秦依依是泡到男主角了，连手都牵上了，然后立刻伸出双手给秦依依点了两个赞。

秦依依从夏鲸手里抽出自己的左手，顿时觉得轻松了许多。她往台下走去，夏鲸在她身后喊道："你不听听我要讲的故事吗？"

"故事，你的故事关我什么事啊？"秦依依洒脱地说。

"今天！我要告诉大家，这本书的由来！这里面的每一封情书，都是写给这位女生的！她就是我'夏有惊鸿'的'依'见钟'秦'，秦依依小姐！"

夏鲸以超快的语速赶在秦依依走下台之前说完了这句话，这下，轮到秦依依了，这番场景，她似乎应该说点什么。

但她什么也说不出来，她被这突如其来的近乎告白式的暧昧话语弄得有点不适，是的，类似前天郑梧前来和她相认一样，有种逼良为娼的感觉。

台下响起掌声，粉丝开始欢呼，但这一次出奇的口号一致，他们喊的是："留下来！留下来！"

秦依依正在尴尬之时，发现小保姆已经走到了第一排靠边的位置，那里刚好有两个空位，他见秦依依在看他，于是示意秦依依可以走下台来坐在那里。

嗯，还算懂事的小保姆。秦依依走下来，坐在伍凌旁边。

夏鲸见秦依依并没有离场，而是坐在了台下第一排位置，于是回到了舞台右方的椅子上，手握话筒，开始将他和秦依依的过往娓娓道来。

"我们是高中同学，嘿嘿，我那时还是个毛头小子，还不知道爱是什么滋味……"

台上夏鲸正在深情款款地讲，不知道为什么，秦依依总觉得夏鲸的深情是"职业病"，是写情爱故事写多了自带的体征，她并不十分感冒。于是在台下，她开始严厉地质问小保姆。

"你去哪儿了，怎么不来找我？！"

小保姆委屈道："冤枉啊！我一直以为你就在我旁边，直到我上到二楼来才发现站在我旁边的不是你，而是一个和你一样穿着白色大衣的女人！"

"我就问你一句：你保镖工作是怎么做的？"秦依依一激动，声音稍微大了点，台上的深情王子停了一下，看向她，她才意识到自己的失态，立刻讪讪地闭上了嘴，于是我们的小保姆终于逃过了一劫。

"她坐在我的前桌，每天都用同一个牌子的洗发水，散发着淡淡的柠檬草香。整整三年，都没有变过。"夏鲸说着，看了秦依依一眼。秦依依不自在地侧过脸去闻了闻披在肩头的头发，好像并没有什么特别的气味。

夏鲸看到她的小动作，竟然宠溺地笑出了声。秦依依见他在笑自己，皱起眉撅起嘴来看他，样子呆萌。那副模样，反而令夏鲸笑得更开心了。

"你们大概不会猜到，我高中的时候有多羞涩，连和女生说话都脸红。我之所以变成现在这样，都是拜这位秦小姐所赐。"夏鲸说完，又看向秦依依，台下一片唏嘘声，大家纷纷看向秦依依。

秦依依脸上依旧没有笑容，她看着夏鲸，眼里写满了"我说你能不能一口气说完一件事情不要停"的示意。

不知道是不是领会了秦依依的示意，夏鲸这回终于一口气说了一大段。

"我其实是个内向的学生，加之那个时候又是转学到这里成为插班生，有点水土不服，也不知道该和这里的同学如何交流。第一个和我讲话的，就是她。她回过头来问我中午要不要一起订饭吃，虽然后来我发现她只是在执行公务，因为她是班上的生活委员。"

夏鲸腼腆地笑了，但笑得非常甜，就像吃了果子一样。嗯，这果子就叫，初恋。

"她是个活泼开朗的姑娘，在班上人缘超好，她总说我的名字取得不好，老是'夏鲸夏鲸夏鲸夏'地叫我，你们感受一下，就是这样的——夏惊吓惊吓惊吓……"

台下一片哄笑。

"所以，我在高中的时候就成功地成了'惊吓'同学，连老师有时候都会喊错，同学们就更不用说啦，你们说，这是不是拜秦小姐所赐呢？"

夏鲸这厮一定是学过演讲的吧！秦依依看着他。

"不过呢，也正是这样，我才得以在班上认识了很多人，也变得活跃起来了。其实我先前话不多，还有一个原因是因为我个头矮啊，唉……"

随着夏鲸的叹气，秦依依估摸了一下，此人身高至少有一米七八！还矮？敢情是要跟姚明比呢！

"我上高二才开始长个子，一学期长了不少，我觉得这一定是我遇到秦小姐的缘故。"

你自己发育缓慢，关我什么事，我又不是你亲妈！秦依依很不爽。

"有位诗人曾说过，如果某段时间，你发现自己变得十分优秀十分美好，那一定是上帝让你准备迎接一份爱情了。当然啦，这个诗人也是我。"

夏鲸痞痞地笑着，不知道为什么，他越是痞，台下的呼声就越高。

秦依依把这个疑问抛给了伍凌，伍凌小声地对她说："你不懂，这叫'雅痞'，最近很流行的。"

"哟，你还知道雅痞呢。"秦依依不屑一顾。

"我不知道啊，台上的背景板上不是写着么——'夏有惊，情书杀手，雅痞风流'……"伍凌指着那块大大的背景板一个字一个字念道，秦依依没好气瞪了他一眼。

真是没有眼色劲儿的小保姆，这辈子也就这样了！秦依依在心里火着，台上，夏鲸依旧深情款款地讲述着。

"高考后，我们顺利考进了同一所大学，其实是我捣的鬼啦，我偷看了她填的志愿，原来她想考海大。于是我立刻改掉志愿，她去哪，我就必须去哪呀！"台下开始喝彩，夏鲸嘿嘿地笑着，继续说道，"我追她的方式很纯粹，就是写情书，不停写，一封接一封，她不收我也写，其实我一直搞不懂，她为什么会不收呢，她又没有男朋友……"夏鲸说着，看向秦依依，秦依依开始抓狂。

作为一个坏记性的姑娘，你问她前尘往事，简直就等同于问一个正常人的前世——谁会记得啊！

好在夏鲸并没有在现场为难秦依依，没有把话筒递给她回答这一问题，不然秦依依一定当场，卒。

"我猜是因为她旁边的那个男人！"台下一个迷妹忽然叫道。大家齐刷刷看向秦依依，旁边的，伍凌。

伍凌顿时吓傻，冲秦依依发出信号："救我。"

秦依依连忙摆手："各位，误会误会，这是个误会，这个人我才认识不久，我读大学的时候怎么可能认识他呢是吧！"

伍凌在一旁重重点头。

"可是你们有说有笑啊，哪里像刚认识的朋友！"迷妹们展开攻击了。

"那是因为他是我的保……"秦依依还没说完，小保姆连忙怪声怪气地咳了咳，秦依依会意过来，接着说道，"保镖，保镖，这人是我保镖。"

虽然众人还是一脸的不相信，但事情好歹是暂时平息下来了，因为她们的情书杀手在台上发话了。

"对，我可以作证，他们那个时候绝对不认识，所以姑娘们，你们猜错啦！"

虽然还是那副痞痞的样子，但在关键时刻总归是帮自己解了围，秦依依终于不再瞪他了。

"好啦，我要快快结束这段讲述啦，时间不多啦！"夏鲸看了看表，"大概给她写了五十多封情书吧，她才答应和我约会，想想还真苦情啊！"夏鲸一副委屈的模样，又撩了把妹。

"只可惜那五十多封情书她都扔掉了，哎，不然估计你们就能看到《夏有惊鸿2》了。"

台下一片惋惜声。

"这本书里的情书准确来说是我们开始约会后我写给她的，一百封，此刻就在你们捧着的这本书里，大家想知道我们的故事，就在书里去读吧。这一百封情书，是我送给她的恋爱信物，也是她返还给我的分手礼物。"夏鲸说到这里的时候，表情黯然了些。

秦依依此刻和台下所有的迷妹一样抱有同一个疑问，那就是，分手原因究竟是什么！

"分手原因就暂不公布了，比较隐私，属于我和秦小姐两个人的事。但我只想说，那段时光是我最珍贵的回忆，秦依依，你实在带给我太多太多的记忆了，这些记忆化成我的写作灵感，令我在日后伏案写作的时候文思不竭。"

夏鲸缓缓地说完，秦依依竟莫名触动了一下。她对自己突如其来的触动有些不明就里，说不清是大脑皮层深处想到了什么零星碎片，还是这段话串联起了当时的情绪，对，是情绪，一种与自己身体发肤相连的情绪，秦依依深深地感受到，这个夏鲸，这段故事，和自己有关！切切实实地发生过！

记忆真是个玄妙的东西，记不起过去的事情，却能感受到当时的情绪。

谁说当时惘然，此刻追忆亦能充饥！对于秦依依而言，她就是个记忆的饿货，别人都有满满的往事足以回味，她却填不饱肚子。可是这种感受又有谁能懂呢！

没有。

夏鲸的演讲告一段落，发布会进入第二个环节——签售。

面对一拥而至排起长龙的"迷妹队"，秦依依在一旁啧啧道："现在的书迷比明星的粉丝还疯狂啊。"

说完半天没接到信号，转身一看，伍凌并不在旁边。秦依依四处张望，这才发现，她那不争气的小保姆正混在"迷妹队"里眼巴巴地等签名呢，怀里还抱着夏鲸一天前寄来的那本书。

这货怎么这么……无耻……

秦依依直冒黑线。

她只能坐下来等她那不争气的小保姆，因为包包、手机和钥匙还是原封不动地统统在小保姆手里。秦依依想愤而上前拿过来，但面对长长的疯狂的"迷妹队"，她只能在一旁望"队"兴叹了。

本以为小保姆前去排队已经够不靠谱了，可没想到这货居然还和排在后面的迷妹们争了起来，原因是队伍里就他一个男的，又长得人高马大的，完全遮住了他们坐在台上安静签售的"情书杀手"。那些妹子们一个比一个怒，嚷嚷着让小保姆滚出队伍。

　　秦依依听见十分不爽，她站起来，款款走到那个排在伍凌正后方闹得最凶的迷妹，以一种近乎神秘的表情凑到她耳边，说了句话，只见那小丫头立马安静不说话了。后面的妹子们搞不清楚状况，一看离得最近的都没闹了，也就都熄了火。

　　伍凌看着秦依依，使出一个贱兮兮的微笑。秦依依扬起手臂："跟我回去！"说完不由分说地拽着伍凌就走。

　　"哎我说，不是，就快排到我了啊！顶多十分钟，十分钟！你能不能再等等，再等等啊！"伍凌一面努力挣脱秦依依，一面央求道。

　　秦依依忽然停下，愠怒道："还嫌不够丢人吗！"

　　伍凌愣住了，过了几秒钟，才小声说道："我只是想去问问他，当时到底为什么要分手以及你们恋爱的那段时间都有哪些印象深刻的事，问他能不能告诉我，我再告诉你……"

　　原来是想帮自己找回记忆。秦依依顿时有些不好意思。

　　"当时我看你对他说的那些事情，从一开始的不相信，到后面的将信将疑，再到浑身触动。可能你自己没发现，但我发现了啊，你当时正襟危坐，认真地回想着什么，我看你的表情就知道，你一定是想起什么了。"

　　确实是如他所说。秦依依想。

　　"那也犯不着要在这个时候费时间和那群丫头片子排队啊！"秦依依的语气温和了下来。

　　"嗯，我想他应该还会来找你的。"

　　伍凌说着，看了看不远处的台上，秦依依顺着他看过去，那里，夏鲸正低着头专心地签着粉丝递上来的书，不时会有粉丝凑过去拍照合影。众星捧月般的夏鲸，在签售开始前的十秒钟对秦依依说的那句"等我一下，签售完一起喝咖啡"，似乎已经不重要了。

秦依依转过身来，和伍凌并肩走了出去。

路上，伍凌问道："你当时跟我身后的那小丫头说了什么啊？她咋那么听你的话呢，说安静就安静了！"

"我说我的这位保镖是散打亚军，之所以没当冠军是因为他曾经打过女人，有前科。"

"不会吧，这也能信？！"小保姆直接被那小迷妹的智商给逗乐了。

"那群小丫头，一看就是初中生、高中生，顶多也就是大学生，都没走出校门，心思单纯，好骗。"

伍凌完全明白秦依依的一语双关，意思是也容易被夏鲸这样的情书杀手骗，于是不由分说地又给她点了个赞。

不过看样子，秦依依对这位大学男友明显感觉不佳啊。伍凌思索着。

"你，我问你啊，我走丢了你貌似一点也不担心的样子啊！"好记性秦依依满血复活。

小保姆就知道秦依依不会轻易放过他。

"我急啊，当真急啊！急得魂儿都快丢了啊！"伍凌夸张地叫道。

秦依依知道他在故意模仿那位阔别已久的撩妹高手，于是没好气地说："说人话！"

"我是真着急，真的。"伍凌一脸严肃，"主要是我不知道我们走散了多久，因为那会儿从一楼到二楼的人实在太多了，又只有扶梯可以坐，人群一步一步走得比蚂蚁还慢。等我发现你走丢了时，都不知道过了多久了！当时吓得啊，你是不知道。"

尽管伍凌表情极其认真，但秦依依还是不大相信。

"但我想你应该很快就会跟上来的吧，因为今天不是要来看发布会的吗，那我就在这里一直等你就好了啊，可是等到人都坐满了，你居然还没来！我才觉得情况不妙，就跑去找了工作人员，请他们用广播发布一个通知，找你……"

"那个寻人广播真是你发的？！"秦依依打断伍凌。

"是啊，除了我有这么聪明的头脑，还能有谁！"伍凌正在沾沾自喜，却不小心看到秦依依的表情，瞬间明白了，"哦，我就说呢，怎么从广播室一出来的功夫，你就和那小白脸拉上小手还站台上了！原来是……好吧，当我没说过，你就当那个广播是那个什么夏鲸惊吓发的吧！"小保姆气鼓鼓地说。

"哟，还斗气了，你都差点把你主人跟丢了，丢不丢人，保镖大人？"

要不怎么说秦依依真是个难以捉摸的女人，有时候你看她吧，很脆弱，很无助，忘性大。有时候吧，又很强势，很有原则，比如在对郑梧、对夏鲸以及夏鲸的粉丝。而最让你手足无措的是，她突然而至的幽默，令你觉得惋惜：如果她没有失忆，该是多么明媚一姑娘啊！

"其实我当时一直在原地等你来着。"秦依依刚发表完幽默一击，又送来温柔一刀，令伍凌应接不暇，当场想死。

"什么？"伍凌不明就里。

"不知道，就是当发现和你走散了，又不知道去哪里的时候，忽然脑海中闪过那么一丝印象，似乎以前和谁有过这种约定，如果走散了，就在原地等着，那人会来找到我。唉，我也是没有办法了，就想试试这个方法管不管用了。我是想着，从二楼到一楼，这么近的距离，你只要发现我不见了，沿路返回就能找到我了。因为我不确定你是从左边扶梯上去的还是从右边，就只能在大厅这里等咯。没想到你的头脑这么聪明。"

秦依依的反话令伍凌哭笑不得，他无奈地摇摇头。

"阴差阳错啊！不过可算是找到了！那你是怎么认出那个夏鲸的呢？"伍凌又想起了这件事。

"我没认出他，直到现在我依旧对他没什么印象。当时我被工作人员带到一个离舞台很近的地方，结果一抬头，就看到了台上的夏鲸，他刚好也看到我了，就走过来了。"

"然后就把你牵上台了。"小保姆酸溜溜地接道。

"我当时大脑一片空白！完全不知道发生什么事了，台下又有那么多人。"秦依依说。

"哎，你老实说，当时被他那样牵上台的时候，有没有一点结婚进行曲的感觉呀？"

"还真没有。"秦依依老实说。

"就是有点莫名其妙，我猜到可能是他，但我又不记得他的模样、过往，什么都不记得，这感觉太难形容了，就好像，就好像……"

"好像什么玩意儿啊？"伍凌见秦依依语塞，不想冷场，就顺着她的话问了句。

"这么说吧！也许并不恰当，"秦依依说。

"就好像你走在大街上，有个人突然跑过来对你说他是你上辈子的情人，你说你能不奇怪吗？"为了增强代入感，秦依依还特意加了个反问的语气，没想到对小保姆压根儿不管用。

"不奇怪啊，十年后我女儿就会这么蹦跶着过来和我说这样的话啊。"

要不怎么说这小保姆啊，长着一米八的个子，拥有冷峻的外形，却还是只能做个小保姆。

秦依依一副"呵呵"的表情，不太想和小保姆聊天了。而我们的小保姆还意犹未尽，不停地找话说。

回到家，秦依依拨通了苏珊的电话，然后踢掉鞋子，懒洋洋地窝进沙发里。小保姆跟在她身后进了门，提着大包小包的菜，直奔厨房。

秦依依懒懒地看了他一眼，心想，还算是有点职业素养，知道到点煮饭，不会因"下午陪你出去了所以要休息一下再煮"这样的理由坐地起价。

厨房里，小保姆麻溜地系上围裙，一阵忙活。

秦依依这边，电话接通，苏珊鬼鬼祟祟的声音响起。

"喂——表姐——"隔着手机，秦依依都能感觉到她那由气体喷发而出的诡异声音，如果此刻是半夜，她一定会把手机扔飞。

"哦见鬼！你这是？"秦依依没好气地接道。

"我在和一大导演吃饭……不是不是你想的那样……是一大桌人，还有好多一线明星……"苏珊依旧气若游丝。

什么叫"用气息在说话"，秦依依算是领教了。

"那我挂了你慢慢吃。"秦依依挂了电话，表情有点像国外的一部小说名。

《小妇人》。

"哟，秦小姐怎么啦，又被表妹挂电话啦？"从厨房恰到好处钻出来的小保姆恰到好处地说道。

"什么叫又被挂电话了！这次是我挂了她的！"秦依依没好气地说。

小保姆露出一个不置可否的笑容，看得秦依依浑身冒火。

"你不是在做饭嘛，怎么跑出来了！"

"汤已经煲上了呀，我出来转转，这会儿还早，要等汤煲一个小时再做菜呀。"小保姆又露出他那职业性的微笑，一面涂着护手霜。秦依依给了他一个大大的白眼。

"别烦我！爱干吗干吗去！"秦依依甩了个抱枕，手法地道，刚好砸中了小保姆的前额。

顶着被抱枕砸乱的头发，小保姆职业性的微笑立马收回，自动转换成一个"风中凌乱"的表情，却是敢怒不敢言。不对，何止是不敢言，他连怒也不敢，只是傻愣愣地抠了抠头皮，然后起身，钻回自己的房间，末了还探出脑袋瞄了一眼，只见秦依依完全一副乌云盖顶的状态，于是小心翼翼地将头缩了回去，轻轻带上门。

有时候，让一个发怒的女人独自静一静，不仅可以救她，还可以救自己。

机智如小保姆。

客厅里，秦依依独自静坐，她完全能够感受到自己胸腔中的怒气，但她搞不懂这股怒气是从哪里来的。

是生苏珊的气，气她总是这么没有自由地活着？

还是生伍凌的气，气他白天在书店把她弄丢了？

好像都不是。这股怒气应该是来自夏鲸。没错，那个无缘无故出现、给她寄邀请函、为她写情书、牵她上台、深情款款却又撩妹无数的男人！

我为什么会和这样的人谈过恋爱？

秦依依不知道失忆前的自己是怎样的一种脑子短路状态。

不过，他如果、如果能专一，还是很好的……

啊呸呸呸！我在想什么啊！秦依依此刻脑袋里有无数个自己，她们分成无数个派别，互相辩论着，甚至大打出手。而作为本尊的自己，也快要不知道该向着谁了。

"叮咚叮咚——"

门铃在这时响起。小保姆闻声从房里走出来，去开门。

"额，居然是他……"从电子显示屏上看到门外客的小保姆表情古怪。

"是人是鬼？"秦依依没好气地说。

"都不是。"小保姆露出一个神秘的微笑，"是杀手。"

"是他？！"秦依依从沙发上跳起，陷入慌乱当中。

"他怎么会知道我住这里？苏珊……不对，苏珊不认识他啊！怎么回事！"

秦依依已经语无伦次了，这是一只"动若脱兔"的秦依依。

小保姆望着惊慌失措的女主人，露出一副"原来你就这点出息"的表情摇了摇头。

"开，还是不开？"小保姆问。

"这是个问题……"秦依依还在慌乱中。

这对神一样的主仆，居然在无意之中套用了大文豪莎士比亚的名句。

也没谁了。

"你想不想见他？"伍凌忽然用极其正常的表情和语气，认真地问秦依依。

秦依依被伍凌这样一问，竟然愣住了，半天答不上来。

就这样，空气沉默了大概十秒钟，伍凌说："别想了，你想见他。"说着便要开门。

"等一下！"秦依依由"脱兔"瞬间变成当年在幽幽谷伸出手臂大叫"紫薇等一下"的尔康表情包。

半分钟后，伍凌打开了门，对夏鲸说："抱歉，秦小姐不在家。"

夏鲸摇晃着头一副玩世不恭的样子朝屋里左看看右看看，扫了一圈，果然没看到秦依依的身影。他像往常一样，右嘴角上扬，露出一个不羁的微笑。

就是这个微笑，迷倒过万千迷妹。还好伍凌是男的，不然一准脚下一滑，跌倒在夏鲸怀里了。

"好，好，我走，我这就走！"夏鲸故意把最后一句话放大了几十分贝，说完戴上墨镜，潇洒地转身。伍凌关上了门。

秦依依还躲在二楼的卧室里没敢下来，她不知道自己怎么会这么惧怕夏鲸。

又不是匪徒，也不是妖怪，真是的！连秦依依本人都有点莫名其妙了。

她坐下来，翻开日记本，在记录郑梧的那篇日记后面，标上"2"，写下第二篇：

今天去见了另一个自称是前男友的人，不可否认他外形条件相当好，喜欢他的人很多，但我似乎并不感冒，而且我完全想不起他来。但现在不知道为什么，我有点怕他，怕见他，我觉得他是情场高手，和他过招，我必死无疑……

伍凌关上门后，径直走回了自己的房间。他没有告诉秦依依她可以下来了。他疲惫地倒在床上，想要休息一下。

忽然就被秦依依的叫声惊醒，伍凌一个激灵，拉开房门，冲了出去。急匆匆赶到秦依依的房间，却看到这样一幕。

卧室的大落地窗前，忽然冒出很多五颜六色的气球，每个气球上还写了秦依依的名字。

秦依依很明显被窗外忽然腾起的这些气球吓了一跳，而且，由于气球太多，密密麻麻地挤在窗前，导致秦依依的房间瞬间黑了下来。

伍凌走到窗前，低头向下看了看。

"还是，他……"伍凌撇了撇嘴，看着秦依依。

"这人究竟想做什么啊！这下可是私闯民宅加骚扰民众了！"面对夏鲸，秦依依好像很没底气。

"我觉得你还是让他进来吧，该面对的，躲起来并没有用。"伍凌淡淡地说。

"那是，不是你，你才这么轻松！要是你前女友来找你，你不紧张啊，啊？"秦依依在伍凌面前，嗯……底气很足。

"原来你是紧张啊，我一直找不到词来形容你今天的反常呢，没想到你自我剖析得这么准确，不错。"伍凌像白天在书店撞见被夏鲸牵着手的秦依依那样，给她点了个赞。

伍凌是被秦依依打着下楼的，还被禁止叫喊。年轻的小保姆被打得，嗯，依旧是不敢怒也不敢言。就这样忍气吞声，还是没能挽救秦依依瞬间发酵的倒霉体质。

"啊嚏！"

"啊嚏！"

"啊嚏！"

"阿嚏！"

她在后面追着打伍凌，结果腿又没有人家长，跟得太急，脚下踩了风，也踩了空，直接滚了下去。伍凌刚从楼梯落地，脚还没站稳，秦依依就滚到了他的脚边，差点没把他吓哭。

秦依依有点懵，虽然只滚了三四个阶梯，但还是懵。

伍凌一身冷汗，把秦依依抱到沙发上，眼睛瞪得老大，问她有没有事。见秦依依一直傻愣着，急得摸出手机叫救护车。

"喂？110吗？哦错了！120吗？我这里有个……"

"把电话挂了小子……"

秦依依突然开口说话了，语气里是满满的鄙视。

见过人报警的，也见过人喊救护车的，可从没见过人报警喊救护车的。

"啊不好意思，病人活过来了，抱歉抱歉……"伍凌挂掉电话，喜出望外，激动得眼含泪水。

"至于吗？"秦依依不屑地看了他一眼，"不就是摔了一跤，至于把你吓成这样吗？还红了眼睛！你是不是男的啊！"

看样子似乎确实没有大碍，她的损人血槽，已满。

"你怎样骂我都行，就是别有事。以后你要打我，我也不会跑了！不害你摔跤了。"小保姆信誓旦旦。

"哟，看不出你还挺关心我啊。"秦依依从沙发上坐起来。

"哪里，我是怕雇主拖欠我工资……"小保姆说着还羞红了脸。

"不过我这里，还确实有点，有点疼……"秦依依似乎没有工夫去理会小保姆的贫嘴，她揉着脑袋，眉头皱成一团。

这一下，又把小保姆急得半死。

"要不咱们还是去趟医院吧！"伍凌认真地说道。

"不用了吧，又没有受什么伤，去医院做什么啊。"秦依依不愿意去医院。

"可是你不是说头疼吗，是不是摔着头了啊！"伍凌恨不得立刻背了秦依依冲向医院。

"就磕了一下，没事的，你看我不是还好好的吗？"秦依依松开捂着脑袋的手，从沙发上站起，还转了几个圈，伍凌张着嘴，无话可说。

"哎呀，差点忘了！"伍凌一拍脑门，跑去开门。

从夏鲸进屋以后，秦依依就一直在喝水，两大杯苏打水被她喝得连渣渣都不剩，还让伍凌加水，没想到，竟然被告知苏打水喝完了。

"秦同学还是这么爱喝水啊，哈哈。"夏鲸把自己的柠檬水递给了秦依依。

"老规矩，喝完你的，喝我的。"说完，朝秦依依眨眨眼。

"夏先生真会说笑，我们哪来的这种交情？"那一刻的秦依依，端庄得不行，令小保姆叹为观止。

夏鲸没想到秦依依会这样语出惊人，作为撩妹高手的他，一时间竟然失策了。

"小依，我们……"

不等夏鲸说完，秦依依打断他："我们？你刚才不是自我介绍说你是在书店和我有过一面之缘的人吗，既然如此，又何来'同喝一杯水'一说？"

小保姆在厨房听到，暗中窃喜，酷酷地打了个响指。这个女主人，还真是机智过人啊，小看她了！小保姆又变得欢快起来，不知道为什么，他很喜欢看到夏鲸出糗，似乎只有这样，才能打破他在台上高高在上的面具，更重要的是，这能给他小保姆，带来生猛的快感。

客厅里，夏鲸被秦依依搞得十分没辙，都怪自己，摆什么臭架子，制造什么假浪漫，非得在进门的时候装模作样地说一句："秦小姐好，你还记得我吗？太子路中心书店邂逅，与你有过一面之缘的夏有惊啊！"

本是想幽默地模仿"还记得大明湖畔的夏雨荷吗"，这下可好，弄巧成拙了。

秦依依不想听他过多的废话，还讽刺地说道："才见过一面，你这样未免也太轻浮了吧！"

夏鲸欲哭无泪。

"容我再多问一句，"秦依依不紧不慢地说："夏先生是如何知道我的住址的呢？"

"我刚看到外面停了一辆车，就停在你的车后面，一定是跟踪而来的啦！"从厨房出来的小保姆及时补刀，让夏鲸泪上加泪。

秦依依一副"没想到你是这样的夏有惊"的表情，下了逐客令。

小保姆没有料到秦依依这回是动真格了，赶紧收回了开玩笑的模样，轻声在秦依依旁边说："我说，这样把客人赶走，不太好吧……"

"对于一个轻浮的陌生人，我需要讲情面？"秦依依声调平缓，但音量可不平缓，夏鲸听得一清二楚。

场面顿时有些尴尬。

小保姆开始后悔自己刚才的嘴欠，没事补什么刀啊！

这女人啊，真是捉摸不透啊！十分钟前都还紧张得要死，现在脱胎换骨分分钟的事啊！

小保姆自知不是女人的对手，识趣地劝夏鲸也识趣一点。

送夏鲸到门口的时候，伍凌小声嘀咕："那啥，你别往心里去啊，她估计是亲戚来了情绪不太好。"

夏鲸看着伍凌，说道："我不该自作主张说那段开场白的，唉！"

"自作主张，这个词用得好，你不说我还没想起来——我问你，在你发布会上，你为何会直接就把她牵上台还说了那么一大段话？你有考虑过她——一个失忆者的感受吗？"伍凌忽然变得犀利起来，他看着夏鲸，目光凌厉。

"所以你和书迷排队，是想上前问我这个问题？"夏鲸反问伍凌。

"你，一个当红作家，以书的销量为首任，这点无可厚非。但请你记住，她不是任何人可以借用的炒作工具，也不是任何人可以拿来制造话题的！"

就在两个大男人青筋突起、相持不下的时候，离他们不到二十米距离的房子里——"阿嚏！"

秦依依打了一个喷嚏。没有第二个、第三个以及第四个，谢天谢地！

她大概不会知道，她的小保姆，此刻正在为她出头，一身正气，棱角分明。

知道了估计又得刮目相看了吧。哟，这小保姆，还挺正义的啊——以她秦依依一贯的语气。

"算了，都过去了，你隔一段时间再找她吧，让她先冷静冷静。"伍凌收起锐气，缓和了些。

"还有，你刚才那个气球啊，也是罪魁祸首，把她吓得不轻。"伍凌的怒气已经全然消失，夏鲸终于也松了一口气。

"那我真是冤啊，当年在大学我也做过同样的事，她当时可开心了……"原来夏鲸是想用过去的事情来打动秦依依。

"她现在还很难想起过去的事情的，慢慢来吧，急不得。"伍凌劝道。

不知不觉，伍凌已经把夏鲸送到他的车边了。

"对了，"夏鲸说道，"我明天要去北京签售三天，然后再去上海两天，再回来。"

伍凌仰头一算："五天？行，注意安全，祝签售成功，迷妹越来越多！"

两个大男人互相道别，夏鲸开车离开，伍凌转身进屋。

回到屋子里，秦依依并不在客厅。伍凌喊了两声，秦依依在楼上应了一声。伍凌于是放下心来，去厨房里开始忙活晚餐。

第三个男友，"韩慕初现"

又是一夜酣睡，第二天清晨，秦依依睡到自然醒，发现天刚蒙蒙亮。她睡不着，索性起了个大早，穿戴整齐地出门了。

早起的感觉太棒了！

大片大片的晨曦映着红与灰相交的云朵，蓬勃在天际，像随时都可能喷薄而出，滚烫滚烫的。偶尔一两只小雀叽喳着飞掠而过，街道还很宁静，待太阳升起之时定是一个活力满满的早晨。

秦依依伸了个懒腰，扭了扭屁股，算是热身运动，接着，大喊一声："早安全世界！我来啦！"然后一头扎进滚滚晨色中。

这一喊，惊得睡梦中的小保姆一个激灵："什么人？！哪里跑！"接着吧唧着嘴，继续做他的春秋大梦去了。

秦依依潇洒地跑着，跑累了就慢走。路过一个正在石凳上看书的老者，秦依依停了下来，好奇地看着他。

老者发现了她，放下书，报以友好的微笑，那神情，一看就是智者。

"孩子，有什么事吗？"

"呃，我只是好奇，天还没有完全亮，路都几乎看不清，您捧着书，能看见上面的字吗？"

"不能。"老者微笑着回答。

"啊？"秦依依错愕了。

"我年轻时候有个乐趣——看书，看得废寝忘食。现在老了，不知道做什么的时候，我就习惯性地捧本书，也不一定要看书里的内容，只是回想回想当年，找找以前的那些感受。"

"那，找到了吗？"秦依依问。

"不是所有事情都一定要得个结果的，有时候看不清的东西，反而更有意义，也更深远。"

告别老者后，秦依依忽然觉得，人无非是三种状态：走、跑和停下来观望。

顺着老者的思维，秦依依推敲着。那么，我跑的时候让我觉得我是活在从前的，因为跑，是不需要记忆的，只要身体力行就可以做好。那是我失忆前的状态。那么现在呢？现在的我是不是停下来观望了？

跑了个酣畅淋漓，秦依依回到了家。家里的钟已指向 8 点半，但处处闻不见小保姆的声音。

奇了怪了，这小子现在应该起来忙活早餐了吧！难道他还在睡觉？！

秦依依走到保姆房门口，想了想，还是礼貌地敲了敲门，但里面无应答。

她轻轻推开门，发现被子没叠，房间里面空无一人。

咦，这小保姆，去哪了！

秦依依想不出，就暂且判定他上街买菜去了。

跑了一身汗，秦依依顾不得多想，走到自己房间后一头扎进浴室。

泡进浴缸后才发现这简直是天底下最舒服的事情！秦依依心情大好，泡得两颊绯红，开始大摇大摆地唱起歌来。

"噜啦噜啦噜啦噜啦噜啦咧,

噜啦啦噜啦啦噜啦噜啦咧!

噜啦噜啦噜啦噜啦噜啦咧,

噜啦噜啦噜啦咧!

我爱洗澡乌龟跌到,嗷嗷嗷嗷!

小心跳蚤好多泡泡,嗷嗷嗷嗷!

潜水艇——在祷告!

我爱洗澡皮肤好好,嗷嗷嗷嗷!

带上浴帽蹦蹦跳跳,嗷嗷嗷嗷!

美人鱼——想逃跑!

上冲冲下洗洗左搓搓右揉揉,

有空再来握握手!

上冲冲下洗洗左搓搓右揉揉,

我家的浴缸好好坐!"

果然,泡澡和唱歌,简直就是绝配!

洗了个浑身舒坦,秦依依裹着浴巾找吹风机,结果她想起昨天好像把它放在楼下了。

因为图方便在楼下边看电视边吹头发,这下好了吧,还得一个人扑腾扑腾下楼去拿。

反正保姆那厮买菜也没这么快回来,下去又何妨。

在客厅里找到吹风机的秦依依还是改不了她图方便的德行,就势坐在沙发上吹了起来。

当秦依依正陶醉在热风热浪中时,门忽然被撞开,几个身穿制服的警察冲了进来。

裹着浴巾的秦依依还没碰见过这种阵势，瞬间吓哭。吹风机还在手里忘了关，"呼呼"地吹着她凌乱的头发以及心情。

带头的一个警察冲门外喊道："这女人就是你要找的吗？"

顺着破门而入的方向，在阳光普照、众人围拥下，走进来一个、一个……

呃，小保姆。

"天呐！你怎么了啊！是不是被坏人挟持？！"小保姆泪奔过来，刚冲到秦依依面前，就被一脚踢趴了。

待警察们都走完关上大门后，秦依依也穿戴整齐从楼上走下来之时，小保姆咬着手指，感觉自己的末日就要来了。

"你带一群臭老爷们冲进一个只裹着浴巾的单身女人的家很光荣是吧？"

"不是，我错了，我以为你被坏人拐走了……"小保姆解释道。

"我这么大人了，一早出去跑了个步而已！这还犯法了是吧！还让警察来抓我了是吧！"

"是救你……"小保姆小声纠正道。

"救我？！"秦依依分贝又高了一个档次，"救我不去外面找我，来家里捣什么乱？！"

"我们去这附近都找过了，真的！可都找不到你，所以他们才说来家里找找看你有没有留下什么线索……"小保姆低下头，开启狗血淋头浑不怕的挨骂模式。

秦依依恨铁不成钢，也懒得骂他了，径自走到阳台上看书去了。

小保姆看了看时间，都快到中午了，于是围上围裙，闪到厨房做午餐去了。

要不怎么说人高马大没有做保镖而做了保姆呢！——是天赋啊！

"开饭咯！四菜一汤：芝士培根芦笋卷、清蒸多宝鱼、宫保虾球、冬瓜蛏子汤！"小保姆高呼着端出菜来，从食材到食物，只花了一个小时时间。

"只有三个菜一个汤，哪里来的四菜？"秦依依从阳台走了进来。

"哈哈，还有一道怪菜——凉拌折耳根！"小保姆端上腥味十足的折耳根，秦依依用力嗅着，顿觉神清气爽。

小保姆已完全掌握了秦依依的口味，无非就是俩字——怪味！味道越怪，她越喜欢。真是个好伺候的主儿啊！

这顿饭秦依依吃得美味无比。

小保姆看秦依依恢复了心情，心想，谁说征服男人得先征服他的胃了，这条真理男女通杀！自信满满的小保姆随即卖萌道："我唱首歌给你听吧！"

秦依依没有回答，她还在喝汤，目测是要把满满一盆汤喝完的节奏。

小保姆清了清嗓子，唱道："我是一个小厨神呀咿呀咿呀哟！天下美味尽在手呀咿呀咿呀哟！"

小保姆为配合歌曲还特意跳起了"围裙舞"。

秦依依差点喷出汤来，一边擦嘴一边说道："有你这么自己骂自己的吗！"

"啥？这咋是骂呢？"小保姆叫屈，一副"你到底懂不懂啊"的哀怨眼神。

"那你再把第一句唱一遍。"秦依依放下碗筷。

"我是一个小厨神呀咿呀咿呀哟！"

"再唱。"

"我是一个小厨神呀咿呀咿呀哟！我是一个小厨神呀咿呀咿呀哟！我

是一个小厨神……"

小保姆终于醒悟……

"嘿！你什么意思呢！我唱的是'厨神'，不是'畜生'！"

"领教了，头一回听人自己骂自己这么绝的话，佩服！"

"好吧，既然你非要这么理解，我也不辩解了。佛曰：心中有啥，看到的就是啥……我洗碗去了拜拜！"

小保姆一个闪身，溜进了厨房，只听外面传来一声："谁心中有畜生了！你才有呢！你个……"

小保姆得意一笑，开始刷碗。

收拾干净后，小保姆一边搽着护手霜，一面冲正盘腿坐在沙发上做面膜的秦依依说："不错，开始注意自己的皮肤了啊，看来我科普得还不错。"

秦依依说："做个面膜而已，没那么隆重，啊！"

"嘘！做面膜的时候不要讲话，会长皱纹的！你听我讲就好，哈！嗯，不是不让你出去，你当然可以出去啦，只是以后呢，出门要打声招呼，当面、电话、短信、小纸条都可以，最好带上手机出去，有啥事还有个照应不是。"

秦依依白了他一眼，继续享受她的面膜。

"咱再说说这面膜，你咋还用这种老款面膜啊，现在都用蚕丝面膜了，这一定是你今天早上出门顺手买回来的吧，买上当了吧……"

秦依依一把扯下脸上的面膜砸了过去，被小保姆接个正着，顺手就投进了垃圾篓。

"是该扯了，面膜的极限时间是十八分钟，再做下去就成吸水膜了，把脸上的水分全给吸回去，你做的十五分钟，刚刚好。"

"我说你这辈子是不是投错胎了？你这资质，不当个女的真是浪费了！"

"承蒙夸奖，感激不尽。"小保姆颔首。

"我送你一款面膜吧，超好用！一般人我不告诉他！"

小保姆说着就从房间拿出一盒面膜，递给秦依依。

秦依依狐疑地看着小保姆，看得他浑身不自在。

"怎么了？"小保姆问。

"你该不会是……"

"嗯？"

"利用做保姆的业余时间兼职做微商吧……"

"……"

"我去睡美容觉了啊，早上起太早了，哎呀，困了。"秦依依说着打起了哈欠，怀里还抱着小保姆送的那盒面膜。想到刚才被她故意说是"微商"的小保姆的表情，她就觉好笑。

秦依依就是这样，脾气来得快，去得也快。早上还在为小保姆报警一事火冒三丈呢，此刻就因为一顿美食，不治而愈了。这会不会和她的记性有关……伍凌没有多想，他正把衣物塞进滚筒洗衣机，调好模式，然后回到房间，打开电脑，开始一阵忙碌。秦依依说得对，他确实有"兼职"的事情要做。

回到二楼卧室的秦依依关上门，把自己扒了个精光。

终于摆脱束缚了！她转了个圈儿就倒在了软绵绵的大床上。

这个床真大，三个人都够睡了，秦依依搞不明白自己失忆前为何要买一张这么大的床。

午间真是一个绵软的时刻，阳光软绵绵的，被窝软绵绵的，睡意也是软绵绵的。

就这么一直绵下去，软下去吧。

"咚咚咚——"有人在敲房门。

"午睡呢，别吵！"秦依依用被子蒙住脑袋，不耐烦地叫道。

"你睡了快俩小时了，该起来了，午休的最佳睡眠呢是半个小时至一个小时，睡多了就等于慢性自杀，所以呢，只要睡半个小时就能保证充足的睡眠了……"

"你烦不烦呐！"秦依依懒洋洋地起床，懒洋洋地穿好衣服，懒洋洋地下楼。

小保姆勤快地拖着地，顺便瞟她一眼，啧啧道："一看就是进入深度睡眠了，这中午啊，可千万别进入深度睡眠，否则啊，怎么形容的来着？嗯，哦对，生不如死！"

这不说秦依依还没想起来，她一边走向沙发，一边说："保姆守则里不是规定你不能上二楼吗！"

小保姆一副生无可恋的样子，叹了口气："秦小姐，如果我不上去，你那些衣服，谁洗？床单被套，谁换？地板，谁拖？桌子凳子，谁擦？"然后他拍了拍自己结实的胸脯，昂首挺胸道："当然是我！"

除了做饭，小保姆还有一个特长，那就是——能在秦依依发火的前一秒迅速变乖，在暴风雨即将来临之前迅速逃窜。仗着这一技之长，小保姆得以存活到今天而没有灭绝。

秦依依歪在沙发上，吃着水果看电视。

电话响起，秦依依擦了擦手，接起电话。

"表姐你现在在家不要动，我正在来的路上！"

秦依依被苏珊劈头盖脸的一句话弄得莫名其妙。不知道状况的人听到苏珊这句话，一准以为这个"表姐"要跳楼了。

"什么意思？"秦依依十分不解。

"我马上到了，等我一下下！"

苏珊貌似在开车，开着扩音，秦依依仿佛听到她猛踩油门的声音。

“不是……哎，你慢点开！”秦依依叫道。

挂断电话的那一刹，小保姆也从房间闪出来了，踏着小碎步直奔厨房。

“你做什么去？”秦依依问道。

“做菜啊……”

“这么早？”

“嗯啊，多煮点……”

秦依依愣了几秒钟，豁然开朗：“我说她怎么火急火燎地赶来呢！快说，是不是你告的状！”

小保姆已经奔到了厨房，在里面直打哈哈。秦依依刚想冲进去把他拎出来，门铃响了。

“还真是说到就到啊，这速度……”

秦依依放过小保姆，起身去开门。

小保姆在厨房拜谢灶神，保佑自己逃过一劫。

秦依依一边开门，一边抱怨：“我说，你就这么着急来吗……”话音刚落，门打开来，一个陌生的身影出现在门外，挡住了冬日里的阳光。由于背光，整个人有点黑乎乎的。

苏珊没这么长啊……秦依依的第一反应居然是这个。

“你是？”秦依依十分不解。她开门一向没有看电子显示屏的习惯，当年见伍凌是这样，这次又是这样。所以她这一生的惊讶恐怕都要用在开门这件小事上了。

那个背光的身影说话了：“请问，您是秦小姐吗？”

秦依依还没来得及说话，一辆跑车来了个急刹车，停在了秦依依的门口。

里面跳下个裹着头纱鬼鬼祟祟四处张望的长腿姑娘，以跑跳的形式百米冲刺的速度奔向秦依依。

"表姐我来了！你是不知道我一路飙车啊连闯三个黄灯啊，这男的谁？"

秦依依摇摇头，苏珊凑上前去，那男的回过头来，迎着阳光，苏珊清楚地看到了他的脸。

"好帅啊！"

要不怎么说苏珊演了三年，还是只能得新人奖，只能做三四线小演员呢。就这点世面，何时才能混到一线？

难哦。

那人回过头来的时候，苏珊正好是他的背光，所以他并没有看清她的样子，只知道是个女孩子。

"表姐你还不让我们进去？我可是公众人物啊！狗仔随时都在跟踪啊！"苏珊一番推搡，把那人也给推了进去。

秦依依关上大门的一瞬间，特意看了看外面，别说狗仔了，连只流浪狗都没有。

伍凌从厨房走出来，看到那个陌生人，愣了一下，也和秦依依问了同一个问题："你是？"

还没等那人讲话，苏珊开启抢答模式："我是秦依依的表妹，叫我苏珊就可以了，我的职业是演员，和四小天王都演过戏……"

面对苏珊自我陶醉式的介绍，伍凌丈二的和尚摸不着头脑，只得尴尬地回了句："久仰久仰……"

只有秦依依知道，苏珊的话是故意说给谁听的。她和苏珊一样，也很好奇这名英气逼人的小鲜肉是谁。

说是小鲜肉，一点也不假，看着也就二十三四岁的样子，但眉宇间有英气。

"我是韩先生的助理，韩先生想见您，让我过来接您。"英气小鲜肉终于等到说话的机会了。他本来有两次说话机会的，都被这个叫苏珊的女人给搅和了，但他依旧面无表情，执行着自己的工作。

"那个韩慕自己怎么不来？"苏珊忽然换了画风，由于换得太快，秦依依一时间没反应过来。

"韩先生近日身体抱恙，还在康复山庄，但他很想见您。他觉得这样直接上门来很不礼貌，所以派我来接秦小姐，或者听听秦小姐的意思。"

鲜肉助理的脸不知道是什么做的，自进门以来，一丝表情都没有。

"韩慕在医院，那地方我表姐不能去！"

"是康复山庄，环境清雅……"

"等他活过来了再说！"

果然是苏珊，嘴巴这么毒，心里一定很苦吧——面对男神也不放过自己，唉。

伍凌连忙出来打圆场。见惯了家庭纠纷的小保姆，还有一项本领，那就是——擅长打圆场。

最后的结果就是，鲜肉助理先回去，秦依依要等苏珊给她"科普"完"韩慕是谁"之后再做决定。

正当苏珊准备开启科普模式时，秦依依递给她一杯果汁："先喝点水，再讲。"

然后转身，一掌将伍凌打回厨房，逼他"现形"。

"给我如实交代，你怎么知道苏珊会来？"

"我，我听不懂你在讲什么啊！"伍凌叫屈。

"还装？"秦依依步步相逼。

"我听见你讲电话了啊……"伍凌举起锅铲做投降状。

"我好像没说她会来吧，是苏珊说的，你怎么会听到？"秦依依想起了什么，"啊我知道了，你窃听我的电话是不是？！"

"不是窃听，不是不是！"伍凌连连叫苦。

"是我房间的电话和客厅的电话是同一条线，当时我正要打电话来着，结果一接起来就听到令妹说她要过来……"

"会有这么巧合？"秦依依眯着眼睛问道。

"不然呢！我没有令妹的电话，我上哪儿去通知啊我去！"

这小保姆一激动，都快改口说相声了。

秦依依盯着他看了会儿，看得他头皮发麻，满眼哀怨。

"明天找人来修电话，把线路给换了。"

秦依依丢下这句话，走了。

小保姆长舒一口气，拍拍胸脯，惊魂未定。

果然是福不是祸，是祸躲不过啊……先前拜谢灶神躲过一劫的他，最终还是被秦依依给逮住好好算了一账。

"表姐，厨房里那只就是你保镖啊？"苏珊放下果汁，饶有兴趣地问。

"和你说多少次了，不是保镖，是保姆！"秦依依纠正道。

"好好好，保姆，男保姆！"苏珊俏皮地眨眨眼。

"表姐，你觉得他怎么样？"

"谁？刚才那小鲜肉，还是韩慕？"

"什么小鲜肉啊！别闹了，表姐！"苏珊居然娇羞起来。

秦依依无语。

"我是问你觉得厨房那只怎么样啦！"

伍凌，一个堂堂八尺大汉，竟然给苏珊说成"一只"。如果真是这样，那得多大一只啊！

"他？"

秦依依没想到苏珊问的是伍凌，她随即说道："作为保姆还是合格的，做菜一流，就是……"

"就是什么？"

"就是性格。"秦依依缓缓说出。

"性格怎么了啊，表姐你能不能一口气把话说完啊！"苏珊急了。

"容易招黑。"

没想到在秦依依眼里，伍凌是这样的小保姆。

"怎么，你对他上心啊？"秦依依打趣道。

"搞什么？！我才不呢！"苏珊吼道，"表姐，我们换个人说说，那个谁，韩慕，对，我要跟你讲讲韩慕了！"苏珊清了清嗓子。

听完苏珊七零八落、逻辑不明的讲解，秦依依虽然没完全听明白，但大致是懂了。这个韩慕，是自己的前男友，也是苏珊唯一认识的"前姐夫"。三年前和秦依依分手，原因不详，其实是秦依依当时没告诉苏珊，所以苏珊也不清楚他们为何会分手。除此之外，他还有个身份——秦依依的前老板。

"这事有点复杂了……"秦依依眯起眼睛。

"此话怎讲？"苏珊追问。

"前男友本来就很让人头痛了，这人又是前老板。哦天呐，曾经的我究竟是一个什么样的人啊，居然和自己的老板谈恋爱！"秦依依捂着脸，一副绝望的语气。

"对了表姐，你昨天下午给我打电话说要去参加一个什么鬼活动的，后来去了吗？"苏珊忽然想起了什么。

"活动，什么活动？"秦依依反问道。

"啊，没去，我们昨天下午去超市买菜了。"

伍凌从厨房端来切好的水蜜桃，接过话来答道。他深知昨天的事情对于秦依依的情绪波动是有多大，早上和下午，简直判若两人了，所以还是不要再提昨天的事情为妙。

苏珊会意，点点头，开启疯狂水蜜桃模式，几下子，就把一盘水蜜桃吃得精光。

"厨房还有，我再去切一盘。"伍凌转身去了厨房。

"你没搞错，速度这么快……"秦依依觉得苏珊吃水果的速度太不可思议了。

"那当然，水蜜桃是我的最爱啊！"苏珊沾沾自喜。

秦依依没有讲话，她想等苏珊吃完第二盘水蜜桃再问些韩慕的事情，结果苏珊刚吃到一半，手机就响了。

"喂？啊冯导啊！您老怎么亲自给我打电话呀！是是是，好好好，真的吗？哎呀我太惊喜了！好嘞好嘞没问题！"

挂完电话，苏珊连水蜜桃也不要了，起身匆忙告别。

"表姐，大导演！大导演给我来电话了！说我的试戏过了！那可是女二号啊！我要红了！天呐！"

秦依依送苏珊到她的车边，苏珊这才想起来今天来的目的。

"没事，你赶紧过去，事业重要，我们来日方长。"

"表姐抱歉啊，我这不称职的'科普家'！你记住了，不管是韩慕，还是郑梧，还是其他谁谁谁，都是你的过往，他们来找你，可能各怀目的，你自己得看清楚了，有些事情，你自己要有判断力！然后，过去了就是过去，不要过多在意。最后，我不在的日子里，你要好好照顾自己，对了，那个男保姆，凭我看人的水准，是一个不错的人，可以信任。"

苏珊这一串推心置腹的话在秦依依看来就像"小大人"，她乐了："我说，你咋婆婆妈妈的，以后又不是不见面了，真是的……"

"表姐，你有所不知，这个戏，拍摄地点在外省……"

"好吧，你也照顾好自己，那个什么冯导，靠谱吗，不会是骗子什么的吧？"秦依依谨慎起来。

"姐啊，那可是圈内大导演啊！哦对了，你还记得那个郑梧吧？就是他帮我牵的线，所以你可以放心了吧？"苏珊俏皮地说。

原来是他……

"好啦，我走啦，我会经常给你打电话的！等我杀青回来——到那时，我就是大明星啦，哈哈哈！"

"慢点开啊……"不等秦依依说完，苏珊的车早就一溜烟跑远了。

回到家，秦依依问伍凌："上次那个郑梧来的时候，有没有留下名片？"

"怎么啦，你又想见人家啦？"伍凌贼头贼脑地说。

"有没有？！"

"有！"

秦依依拨通了电话。

"喂？"

"嗯，那个……"

"小依，是你吧？"

竟然被他猜中了！

"是我。"

秦依依之所以这样唯唯诺诺，主要还是因为她对郑梧的感觉挺难以形容的。如果说对夏鲸的是紧张，对韩慕是未知，那么对郑梧，这个第一个来找她且看似最真诚的人，秦依依说不出他有哪里不好，但就是觉得他带给她的感觉怪怪的，有点过于殷勤了。毕竟，按郑梧说的，他们有十几年没见面了，按理说，再见面也理应是不太熟的人才对。可是郑梧似乎不是这样，他不断地重复着儿时的事情，甚至似乎还对那些事情抱有幻想，幻想他们还会发生。

成年人的世界没有童话，不是吗？

秦依依想起苏珊临走前说的那句话："他们来找你，可能各怀目的，你自己得看清楚了……"

虽是这么想，但秦依依对郑梧此刻抱有一丝感激之情。郑梧两次帮了苏珊，一次是"绯闻事件"，再就是现在，他帮苏珊争取到一个好的角色，一个苏珊可能要单枪匹马奋斗好几年也未必能获得的角色。

对于一个演员而言，能够获得一个好的角色，简直是件千载难逢的事情。

这句话是苏珊说的，秦依依记得很清楚。

她其实很在乎这位表妹，虽然不记得以前的事情，但她对于苏珊，还是有一种天然的情感在里面——或许这就是血缘。所以即使苏珊经常冒冒失失，经常挂她电话，经常言辞不当，她还是爱她，知道她小小的野心和大大的梦想。

"道完谢啦？"伍凌见秦依依挂了电话。

"嗯，苏珊的事情，我还是挺感激郑梧的。"秦依依放下电话。

"那是，人家肯帮苏珊，也是看在你的薄面啊！"小保姆又开始阴阳怪气。

"你说，我要不要去见那个韩慕啊？"秦依依忽然发问。

伍凌没想到她会这么直接地问自己这个问题，想了想，说道："既然苏珊证实了他的身份，那见见他也无妨吧。"

"其实我挺讨厌见这些前男友的。"秦依依冷不丁冒出这么一句话来。

"啊？"

"因为我都不记得他们，可他们一个个记性又都那么好，我觉得我好弱。"秦依依开始抱怨。

原来是心理不平衡啊！伍凌明白了。

"那你就这么想呗，反正每一天都是新奇的一天，那就不妨再新奇一点啦！也没什么坏处。至少他们对你并没有恶意，说起往事也是想让你想起过去的事情，没准儿你会记性越来越好的啦！"伍凌劝慰人的本事也不赖。

"我觉得我好不了了，苏珊说我从小自带倒霉体质，我的记性就是被这倒霉体质给弄坏的。我怎么那么容易受伤啊，老天是跟我有仇吗？"

"这个，你换个角度想啊，受伤呢，是因为老天想让人无微不至地照顾你啊，多好啊！"

"是吗，可是有谁愿意照顾一个坏记性的人啊，恐怕是唯恐避之不及的吧！只有作为保姆的你了。哎，都不容易。"

秦依依叹了口气，缓缓走上二楼。

伍凌看着她的背影，不知道说什么了。

不知道说什么的时候，就不要说了吧。伍凌默默地走进自己房间。

第二天，伍凌起得比较早，准备去厨房把龙骨汤煲上。他开门从房间里出来，却意外地发现了客厅里有个秦依依，他吓了一跳："你是早起还是晚睡啊？"

秦依依抬起头看了伍凌一眼，眼神既没有疲惫也没有惺忪，所以根本看不出她是晚睡还是早起。

"我想了一夜，我觉得我应该去见见那个姓韩的。"秦依依像是自言自语，又像是在征询伍凌的意见。伍凌还没有完全清醒，还在思索着那个"姓韩的"是谁的时候，秦依依又说话了："我意外地从床底找到了这个。"她抬起右手，食指和拇指之间拿着一个闪闪发光的小玩意儿。伍凌看清楚了，那是一枚戒指。

"这个戒指……你确定是韩慕的？"伍凌好像完全清醒了。

"内环上刻着一个'M'，没猜错的话，应该就是'慕'的第一个字母'M'。"秦依依把戒指递给伍凌让他看。

伍凌上前接过戒指，端详着。

"我觉得戒指的意义太深重了。我和此人一定是恋爱过，那么是订婚了、结婚了还是怎样，不得而知。我感到些许恐慌。"秦依依下意识地抱紧了自己。

"不如给苏珊打个电话？"伍凌提议秦依依向苏珊问清状况。

秦依依拨过去，等了一会儿，没人接。

"这个苏珊，真是伤脑筋，事情没交代清楚居然跑了！"伍凌对昨天苏珊的"临阵脱逃"十分不满。他看了看秦依依，又看了看手中的戒指，问道："你怎么会把戒指放在床底？"

"我根本不记得这件事，你知道的，过去的人和事，我一件也想不起来。是因为耳钉掉落滚到了床底下，我就趴下去找，打着手电，然后就在角落里看到了这个东西。当时它沾满了灰尘，不细看，根本发现不了它的存在。"

伍凌给韩慕的助理打电话的时候，得知韩慕已经从康复山庄回到了公司，并且今天有一个重要的会议要开。助理请他们稍等，请示过韩慕之后会回电过来。

伍凌就陪着秦依依在沙发上傻坐着。秦依依开口道："我这样会不会显得很轻浮？"

伍凌知道她说的是主动要求见韩慕这件事。

"想见就见，这没什么。况且是人家昨天先来找你的啊！"伍凌宽慰道。

电话响起。

"您好，韩先生请你们过来，嘉里中心A座。"

与此同时，苏珊也打来了电话。她已到达远在 D 省的剧组拍摄地，变态的是，这个古装戏剧组居然禁用手机等通信设施，要求所有演员严格执行，体会"古代生活"。

秦依依忙问要拍多久，得到的回答是四五个月！秦依依傻眼了。

"表姐，这可能是最近的最后一次通话了！我不在的时候，你要和你的保镖相依为命，这样我才能放心！"

"苏珊，我问你一个问题，我和韩慕有没有结婚或者订婚？"

秦依依抓紧时间想问最后一个至关重要的问题。

"喂……喂喂？表姐，你听得到吗？喂？喂……"

电话断掉，再打过去，已经打不通了。

"可能是没信号了。"伍凌安慰道。

"依我看啊，这件事，你和韩慕，肯定是没有结过婚的，不然苏珊昨天肯定就说了，这么重要的信息。她没说，就证明韩慕也只是你前男友中的一个而已。所以你不用顾虑那么多，不就一个戒指吗，有的情侣之间也会送啊！而且你这枚戒指并不是钻戒，所以应该不是结婚用的，可能只是一个礼物……"

伍凌一面开着车，一面劝说全程沉默着的秦依依。

到了嘉里中心，伍凌把车开进地下停车场，抱怨道："真是神人啊，约见面居然约到写字楼来了，一会儿估计还要去他公司！"

"去公司？"一路没说话的秦依依突然开口说了这么一句话。

"是啊，韩慕的公司就在这栋写字楼上面。"伍凌已停好车，过来拉开秦依依的车门，等她下车。

"他的公司，不就是我的前公司？"秦依依说道。

伍凌不知道她是什么意思，就没有接话，等她说完。

"那公司里的同事不就都是我的前同事？"秦依依是担忧自己没法面

对那么多认识她而她不认识的人吧!

"那我们换个地方吧! 我给他助理打电话。"伍凌倚着车门，掏出手机。

"坏了! 我忘记存他的号码了! 那张便签落在家里了! "伍凌一拍脑门。

"那我们回去吧，我不想见他了。"秦依依说着，就要拉上车门。

伍凌抓着车门说道："还有一个办法! "

秦依依不解地看着他。

"我知道他公司在几楼，你在这里等我一下，我上去把他给你拎下来! "伍凌说着秀了秀他那还算饱满的肌肉。

等到伍凌带着韩慕来到停车场的时候，秦依依不见了。车还停在那里，但人没了。

伍凌急得满头大汗，打秦依依的手机，显示不在服务区。

"别着急，应该还没走出停车场，所以手机才没信号。这样，我们分头去找，你往C区，我去D区，然后再去地面。"韩慕说道。

伍凌点点头。两个人朝着相反的方向快步走去。

绕了一大圈，伍凌也没有找到秦依依。他来到地面，从大厦的侧门出来，阳光已经明晃晃的，刺进了伍凌的眼睛。

离侧门不到十米的地方，喷泉的旁边，韩慕和秦依依，在烈日下相拥着，像一对久别的恋人。

伍凌讪笑着摇摇头，不是像，他们本就是久别的恋人。

韩慕先伍凌一步找到了秦依依，他拥着秦依依，秦依依并没有反抗，她的脸别过去，伍凌看不到她的表情。

喷泉的水声雀跃，韩慕似乎在说话，但淹没在了水声之中。伍凌没有上前，他绕了个弯儿，走开了。

　　秦依依没有预想到和韩慕的见面场景会是这样。她本来坐在车里等伍凌，心里七上八下的，想着他们是会从车的哪个方向过来。结果没等到他们，反而等来了保安大叔。保安称停车场不能逗留，因为之前发生过安全事故。秦依依于是往外走，不知不觉就走到了路面。

　　她给伍凌打电话的时候，伍凌一直在占线。不用说，他一定是在给自己打。所以秦依依干脆就放下手机，等伍凌的电话再打过来。可没想到电话没等来，却等来了韩慕。那个西装革履、风度翩翩的男人。

　　她迟疑地看着向她缓缓走来的那个男人，身着黑色西装，中规中矩地系着领带，戴着边框眼镜，皮鞋声一步步向自己逼近。他的气息无不透露出他的商业味道，一个久经职场的成熟商人所散发出来的野性与魅力，与秦依依最近接触的几位男士都不同。他们都过于年轻了，在他面前，不过是初生之犊。

　　而他，却是一只豹子，身上光滑的皮就是往昔风驰电掣、叱咤风云的佐证。

　　不用说，秦依依就知道，他一定是韩慕。

　　韩慕走近她，脸上冷峻的表情瞬间转化为温和的微笑。他并没有自我介绍，秦依依失忆这件事他可能还不知道，但他快准狠地捕捉到秦依依的神色。

　　一名成功的商人，往往就是这样，快准狠。这也是他拥有这家估值上亿的企业的筹码。

　　"你还好吗？"只这四个字，秦依依就失去了所有的戒备之心。

　　她愈加肯定，这个人，就是她那枚戒指上镌刻的那个"M"。

　　秦依依望着他，说不出话来。她不知道该如何开口。她觉得此刻讲什么都是错的。她以为韩慕不知道自己失忆，她想凭借这股似乎有些熟悉的气息奋力回想起什么。

但很遗憾，除了昨晚找出的那枚戒指，她似乎找不出更多的曾经。

不过这已经很好了，比起那些在毫无准备的情况下就见面的前男友，秦依依对韩慕至少还有一枚戒指的温存。这点余热不多的温存，使得她对韩慕的印象加分不少。所以当韩慕慢慢张开手臂，像是在征询她的意见的时候，她并没有拒绝。

她愈发肯定，他是不知道自己失忆的。那索性就这样装下去吧，犯不着对每个人都说自己失忆这件小事。

于是她被韩慕拥在怀里，像久别的恋人。

"上公司来看看吧，里面已经大不一样。"

韩慕在她耳边说道。他的嗓音偏低，是典型的"低音炮"，敦厚有力。这种声音任所有女人都招架不住，更何况是昔日有过情愫的人。

秦依依犹豫了一下，说道："现在还不是时候，给我点时间。"

韩慕笑道："好。我等你。"

他的肤色是健康色，下巴留着胡茬，加上成熟的魅力与强大的气场，笑起来格外迷人。

"你身体不好吗？"秦依依轻轻向后挪了挪，韩慕会意，缓缓松开了她，两人并肩慢慢地走着。

"前两天胃病犯了，调养了数日。"韩慕面对秦依依的关心，笑了。一个冷峻的男人，笑起来居然有浅浅的梨涡。那致命的漩涡里，不知陷进过多少妄图渡河的囚徒。

这是一个危险的男人，和他相处得越久，这种危险越逼人。秦依依忙收回视线，看向别处。

"听说你还有很重要的会议要开，那就不打扰了，我也该回去了。"

秦依依拿出手机就要打给伍凌。

"这么快就走？"韩慕停下来看秦依依，眼里满是不舍。

他这样的人，一定很会逢场作戏！秦依依在心底默默地提醒着自己，继而拨通了伍凌的电话。

回去的时候伍凌开着车，没有说话。秦依依手舞足蹈地和他解释着自己为什么会不在停车场而跑到地面。

"你是不知道那个保安大叔有多凶！一看我脸生，不是写字楼的白领，对我的态度啊，简直可以用轰赶来形容了！"秦依依绘声绘色地说，和刚才见韩慕的时候完全判若两人。

人的多变往往也适用于应对不同的对手。

"你不会和那大爷说你是韩慕的人吗？他这种大公司的老板，保安肯定认识。"还好，伍凌这样的对手，也不赖。

"我才不乱攀亲戚呢！"秦依依丢了个白眼给伍凌。

"你问他了吗？"伍凌一个右转，秦依依身体跟着转了个大弯。

"你就不能不转这么急的弯吗！"秦依依抱怨道。

"没给你玩漂移就好了。"伍凌吹了声口哨，似乎在炫耀自己的车技。

秦依依送了他两个白眼。

"你刚才说什么，问了吗，是什么意思？"秦依依板正了身体，换了个舒服的坐姿。

"问他戒指的事情啊。"伍凌说。

"哦，这个啊。"

秦依依没想到伍凌对戒指还这么上心，她并没有找韩慕核实，但她也不想有损自己的威严，毕竟她秦依依的判断，怎么能出错呢！

于是她拍了拍胸脯，看起来非常自信地说了句："没错！戒指就是他的！"

伍凌似乎还嫌不够，追问道："那他有说戒指是用来做什么的吗？"

"哎呀一个戒指能做啥啊！就是他送给我的啊！你这人还真是好奇宝宝啊，还非得刨根问底了啊！"

秦依依打着哈哈，不准备再回答伍凌关于戒指的事了。

伍凌知道多问无益，便也不再追问。

翻开日记本，秦依依记下了韩慕。

对于接二连三的前男友冒出来这件事秦依依似乎已经渐渐习惯了，她把他们的出现都记录在本子上，一个都不落，一件都不缺。

她也懒得再问伍凌"一个人最多可以有多少个前任"这种问题了，问多了也没啥意思。大家都是凡夫俗子，各自经历不同，所托之人也不同。她冷静地看着身边出现的这些前任们，心想每个人果然都有故事。

他们都与自己有不同的故事，而唯一不变的，还是自己的倒霉体质。

有多倒霉呢？

比如韩慕再派小鲜肉司机来接她的时候，她上车时因为用力过猛，头磕在了车顶上，起了好大一个包，然后揍了伍凌一顿，埋怨他为什么没有在帮她开车门的时候护住她的头。

比如韩慕与她共进晚餐的时候，由于没估算好凳子的距离，居然一屁股坐到了地上，然后一旁站着的伍凌又遭了殃。

再比如吃饭的时候，伍凌和韩慕去了趟洗手间的功夫，她吃了服务员刚端上来的墨鱼，居然过敏狂吐不止，送医院挂了急诊。做皮试的时候她竟然说病人是伍凌，在伍凌惊愕的表情下，护士不由分说地扎了上去。

是啊，每一次倒霉，都有他伍凌在场。其实不能说是每一次倒霉，应该说，每一次外出，都有伍凌相随。没有办法，这是自己雇来的，哭着也得用完不是。

随着倒霉次数的增加，秦依依的日记也被她记得七零八落的。有一回伍凌摸过去想看看，结果差点没被她打死。

罢了罢了，伍凌也懒得看了，随她去了。

差点进了鬼屋

天气已经完全入冬了。日子一点一点地过去，没有谁觉得它长，也没有谁觉得它短。所有的一切都在设定好的轨道上运行，如果天体自传，如同四季交替，如同我爱你。

又是新的一天，秦依依起得很早。她发现了一个规律——只要是天气好的早上，她都醒得很早，相反，如果是阴天或者雨天，她往往要睡很久。

看来是老天让我出去运动啊！秦依依欢快地想着，穿戴整齐，跑下楼来。

这回她写了张便签，告知外出跑步一事，贴在伍凌的门上，顺便听了听门里面的动静——什么都没有。

这小子估计还在做梦呢吧！

秦依依打开门，神清气爽地伸了个懒腰。

然而懒腰还没伸完，就看见一个熟悉的身影站在阶梯下，做着热身运动。

那身影听见房门响，抬起头来，叫道："哈喽！早啊！"

秦依依和她的懒腰一齐僵在那里，变成一个呆滞的定格。是的，她的小保姆，居然比她起得还要早。

不过话说回来，谁家的保姆不比主人起得早啊？

"你怎么会在这儿？"秦依依朝伍凌走来。

"晨练啊！"伍凌穿着运动服，原地跳跑着。

"真是难得啊，一个如此怕冷的人居然有勇气起这么早。"

秦依依白了他一眼，心想白浪费墨水写了张无人会看的便签。

"所以要做热身运动啊！你要去跑步啊？一起呗！我还可以当你保镖！你看这天还没完全亮，遇到坏人就麻烦了。"

秦依依并没有接话，她昂起头，直接开始了晨跑。

小保姆立刻转弯，跟着他的女主人一溜烟跑了。

于是，住在附近而且也早起的邻居会看到这样一个情景：住在1007号别墅的女主人一大早跑步还不忘带上她那魁梧的保镖。

不得不说，是很明智。

可能是两个人一起跑步比较带劲，秦依依和伍凌跑了一个多小时，从半山腰跑到山上，又从山上跑到山下的街区。

路过卖早餐的小摊，伍凌买了豆浆和鸡蛋灌饼，和秦依依走到一旁的石凳上坐着吃。

"感觉如何？"伍凌望着渐渐吵闹的街区问。

"很有生活气息！"秦依依大口大口地吃着鸡蛋灌饼，答道。

"是你在房子里所看不到的吧？"

"嗯，不过我对这个场景十分熟悉，一点儿也不陌生，一点儿也不排斥。"

秦依依三下两下就吃完了鸡蛋灌饼。

伍凌将兜里的纸巾递给她擦嘴，一面说道："你看你，吃得满嘴是油……"

"这个场景，也很熟悉啊喂！"秦依依接过纸巾，说道，"好像我会经常吃到满嘴是油，好像也有人给我递过纸巾。"

"你今天，思路不错啊。"

本想说"脑路"的，但伍凌还是忍住了，换了个褒义词。

"看来果然是生命在于运动啊！走，我们跑回去！"秦依依一仰头，喝完了豆浆。

"喂你别跑！刚吃饱，不能跑！先休息十分钟啊！"

往回走的时候会经过一个浅浅的林子，就在公路的左侧。这一带绿树环绕，四季常青。加之是靠山，因而有着一种天然的植被风光。

秦依依伍凌有一搭没一搭地说着话，冷不丁地被林子中冒出来的一个人叫住吓了一跳。

这人不是别人，正是三天前说要来这附近摄影取景的郑梧。

"还真是你们啊，这么巧。"郑梧憨厚地笑着，肩上还扛着他的大单反。

"郑兄，好久不见哇！"小保姆嬉皮笑脸地伸过手去。

"伍兄，早啊！"郑梧握住了伍凌的手。

秦依依觉得自己这一早不知道是怎么了，先是小保姆"恰好"也出来锻炼，接着又是郑梧"恰好"在这里摄影。当所有的"恰好"碰到一起的时候，对于秦依依来说，等于撞鬼。

"见鬼，你们能不能不这么客套啊？"秦依依受不了了。

"你不懂，这是男人之间的事情，对吧郑兄？"

若不是看在郑梧在旁边，小保姆估计又要挨揍了。

郑梧依旧是憨厚地笑着。

"小依，来，我给你拍一组照片吧。"

郑梧说着就开始摆弄他的单反。秦依依摸了摸自己因为运动出汗而油光光的脸，摆了摆手，说："还是算了，算了吧……"

"运动才是最接近美的存在，相信我，这组照片一定好看。"郑梧微笑着说。

这是怎样一种笑呢？嗯，厚实、诚恳、值得托付。

秦依依没有再拒绝。

拍完照片，伍凌大方邀请郑梧来家里喝汤。他把刚才在山下街区买的大骨提高到齐眉的高度，兴奋地说："筒子骨！最棒的骨！"

"你是狗吗？"秦依依冷冷地说。

这对欢喜主仆，令郑梧哭笑不得。但毕竟女主人还没对他发出邀请，所以他也不好说什么。

"那个，嗯，来吃顿午饭吧，本来也是想好好谢谢你，帮了苏珊两次。"

小保姆不等郑梧回答，就在他身后冲秦依依做了个鬼脸，对着嘴型说道："应该的。"

但没有发出声音，所以背对他而立的郑梧没有听见，而面朝他的秦依依看明白了。

"应该的。"郑梧说道。

秦依依"噗嗤"一声笑了，郑梧不明就里，见秦依依笑，便也跟着她笑了。

到了家里，秦依依去二楼浴室洗澡，伍凌回自己房间洗澡。郑梧闲来无事，在客厅里踱步。

待秦依依神清气爽地下楼来到客厅时，厨房里的汤锅已散发出大骨的香味。

不得不说，在洗澡这件事上，男人永远领先。

"看什么呢？"秦依依见郑梧冲着客厅的一面空墙发呆，随口问道。

"哦，我是在想，你这里应该挂画或者照片的，这么一面空墙，可惜了。"郑梧说着。

"是吗，我倒没有发现。"秦依依望着墙，想了想说："不过我也没有什么照片，好像自己是个不太爱拍照的人吧，除了你拿给我的那些小时候的照片，其余的什么也没有。"

秦依依和三天前不一样，她似乎已经对郑梧慢慢熟悉了起来，又或者，是她想起了什么?

郑梧想着。

"哎，今天你不是给我拍了运动照吗，回头你挑两张，挂在这里不就完事了吗!"秦依依说道。

"运动照啊，摆这里似乎不大合适，客厅，要么是画像，要么是艺术照，哪有摆运动照的啊……"郑梧皱起了眉。

"不是你说运动的时候最接近美的吗?"不要忘了，秦依依的短期记忆力可是惊人的。

"你是不是傻，为了让女人能够上钩，男人什么话说不出来。"补刀侠小保姆又出现了。

"伍兄真会说笑啊。"郑梧不好意思地笑了。

小保姆出来转悠了一圈，又闪进他的厨房了。他知道今天他会是安全的，无论他怎么打击挖苦秦依依，因为今天有客人在。

伍凌窃笑着。

"小依，你看这样好不好，我们下周约个时间，我给你单独拍一套写真，这样，你就有很多照片了。"郑梧说道。

确实不错，像她这个年纪的女孩，谁不希望自己还能美得更久一点。可世上并没有冻龄术，保存美的除了镜头，就是记忆了。可惜自己偏偏不擅长后者，那好像也没有别的选择了。

秦依依答应了郑梧，郑梧眉开眼笑。

拍照的地方约在一个废弃的老式大院，那里杂草丛生，石墙破旧，屋檐布满爬山虎的脚，绿油油的，一大片蓊郁着。

如此自然的红墙绿藤，是摄影师眼睛里不可多得的取景，但到了秦依依眼里，就变得有些阴森了。

秦依依想走了。

"这里已经封闭了，我费了好些功夫才找到相关负责人，给了通行证。"

郑梧没有注意到秦依依的表情，兴奋地说。

"这里有人住过吗？不觉得很像鬼屋吗？"秦依依环顾着四周，眼神里充满戒备，好像那紧锁的黑屋子里真会飘出个阿飘来。

郑梧一脸问号地看着秦依依，一时没反应过来。

"你看看这里，荒郊野外，人烟稀少，阴森恐怖……"

"小依！别说了。"郑梧打断秦依依。

"看吧，你也觉得恐怖了吧，咱们还是走吧，我胆儿小，我要走了！"秦依依说完就扭头准备上车。

"别啊！你们屁股都还没站热呢就要走啊？哎，我还没好呢，你们等等我啊，不带你们这样的啊！"

差点忘了，还有一个小保姆，憋了一路，到了立马跳车，钻到小树林里熏苍蝇去了。

这也是秦依依对这里印象差的原因之一——谁都能在这里方便，我居然要在这里拍艺术照？

秦依依自然不会理会那事儿多的小保姆伍凌，但却因为郑梧非常小声的一句话怔住了。

"小依，这里是我们小时候住的院子……"

当伍凌急匆匆地提好裤子从小树林里蹦出来的时候，看见面前的这对男女，以一种奇怪的姿势对视着。一个欲言又止，一个近乎痴呆。

不用说，痴呆的那个绝对是秦依依了。

"你们……我说，你们还走吗？我可是速战速决蹦出来的啊！"

当这对男女同时转头用同一种眼神看着他的时候，聒噪的小保姆选择了及时闭嘴。他从那两双凌厉的眼神里读到，再不闭嘴，接下来这里真要成鬼屋了。

——被抛尸荒野的滋味，想必不是十分好受。

郑梧本来带了一位化妆师过来，但秦依依执意不化妆，她要让自己以最自然的状态接近这个儿时居住的故居。

走在龟裂的地面，秦依依像看地图一般检阅着这里的一切。郑梧陪着她缓缓走着，从一开始的沉默不语，到后来的侃侃而谈。

秦依依为自己刚才的粗鄙感到深深地自责，郑梧明白她微妙的情感变化。他其实没打算一开始就告诉她的，想等她拍完照再慢慢向她说起。

他以为她会和他一样喜欢这里，却忘了她只是这里的路人而非熟客。

如果再不告诉她，她可能真的要走掉了。

就像十多年前她突然不告而别一样，令他手足无措。一个从小就生活在一起的人，突然就从生命里消失了，那种感觉，简直可以用恐怖来形容。这十多年来，他似乎一直都在期待和她见面，哪怕已发秃眼垂，也终归是要见上她一面才能得以圆满的。

秦依依忽然停了下来，似乎做了一个决定。

"怎么了？"郑梧问。

"我想，我想在这里住一晚。"秦依依说道。

"可是这里已经废弃很久了，还是不要……"

"不，我只有住一晚，才能相信我脑袋里对于这里的幻想是真的。"

"你想起什么来了吗？"郑梧有些欣喜。

"我不确定，"秦依依微微皱眉，她抬起头来，将眼前的这几户房子挨个看了一遍，说道，"我猜一个，你看对不对。"

郑梧瞬间明白她要猜什么，于是点点头，示意她说下去。

秦依依走上前，在每一户的门前停留一小会，试探着，思索着。当她走到第七户的时候，忽然闭上了眼睛。

云卷云舒而过，她睁开眼睛。

"是这里，对不对？"

郑梧看着她，激动地点头。秦依依猜对了，这一户，正是她曾经的家。

郑梧带着她，一遍遍地将儿时的欢乐说与她听，他甚至带来了道具，都是九十年代的玩具，给秦依依拍了一组"长大的童年照"。

整个拍摄过程，都很愉快。秦依依不喜欢摆拍，她只是将郑梧说到的场景还原一遍，二十年前她是什么样子，二十年后她再做一遍。

时间有些定格，好像从未流逝过。

回去的路上，秦依依在车里很兴奋，尽管大家都不同意她在这里过夜，强行将她带走，但她就是很兴奋。终于有一处地方，是真实存在的，不管时间过去多久，她都能感受到它的气息，那里是她曾住过的地方。

伍凌开着车，有些不明就里地看了看秦依依。

"哎，我说，你怎么跟个怀春的少女似的啊，你那邻居哥哥给你灌了什么迷魂汤了啊？"

彼时伍凌开着秦依依的车载她回去，而郑梧则载着化妆师和摄影助理回公司去了。

"你不懂。"秦依依依旧表情亢奋，但她似乎没打算告诉伍凌。

"哟，还装起来了啊，是啊我不懂，我只是一个无公害的小保姆而已。"

秦依依没理他，继续沉浸在自己快乐的情绪中，还哼起了歌。伍凌从后视镜里看了她一眼，扬起嘴角微笑。

这快乐的情绪，还真能感染人啊！

其实伍凌心里清楚，秦依依已经很久没有这样开心了，就在拍照的前两天，秦依依还一直被看不透城府的韩慕和签售回来的夏鲸弄得心神不宁。

这几个前男友，还是只有郑梧令她舒心一些。

可不是。

自从在嘉里中心一别之后，韩慕的豪车就会不定时地停在秦依依的家门口。他本人并不过来，想必是开会应酬谈生意太忙。

男人嘛，借口无非就这么几个。也就是这几个，便足以令女人抓狂。

只不过有别于独守空房的阔太太，秦依依的抓狂，不是韩慕的敷衍，而是他居高临下的身姿。

不可否认，韩慕的气场足以强大到令他的商场对手在一个个环节中败下阵来，但她秦依依并不是猎物，她也不喜欢被当作猎物的感觉。

于是约会戛然而止，秦依依用一个黑脸，结束了险些习以为常的接送式约会。

"哎呀，这下没有豪车坐了！哎哟。"伍凌打算将秦依依的黑脸变红脸。

"你能有点出息吗？"秦依依没好气地说。

"哎我说，你要不换辆车吧，你那辆车我开着太不舒服了！"

"我换个司机吧。"

"我去，想炒掉我啊？没可能！"

"那你再说一遍，我的车好还是不好？"

"恕我直言，不太好。"

"这个月工资我们日结吧。"

"作为一个女主人，这么绝情是找不到男朋友的。"

"没关系，我有很多前男友。"

"……你，赢了。完美。"

关于前男友的一百种死法

　　结束了签售的夏鲸满脸疲惫地站在秦侬侬家门口，伍凌几乎是把他抬进去的。好在第一夏鲸比较瘦削，第二伍凌比较魁梧，不然这两人的姿势想必十分尴尬了。

　　当时钟转了快半圈的时候，秦侬侬忍不住问伍凌了："他做什么去了？"

　　"听说是签售，跑了好几个城市。像他这种当红作家，都是拿命拼的。"

　　"他很红吗，有多红？"

　　"不知道，只知道他书迷超多，还都是迷妹。"

　　"哦。他还要睡多久？"

　　"不知道，从他进门到现在，已经过去 5 个小时了。"

　　"他这是有多累，一进门就倒下了。"

　　"大概迷妹太多了招架不住吧……"

　　"你说他会不会睡死过去啊？"

　　"不会吧，看面相，应该不会。"

　　"唔，我也觉得。不过你不觉得他这样子确实很像一具尸体吗？"

　　"你不说我还没发现，还真有点像！"

"像吧？"

"像。你看，从这个角度看啊，像是猝死的，从侧面看又像是斗殴挂掉的，然后你过来，从后面看，像是冤屈而亡。站在这里，从前面看像被糟蹋死的……"

就这样，秦依依和伍凌站在沙发边，对着在沙发上躺得四仰八叉、造型怪异的夏鲸，交头接耳。那场面，怎么看怎么像两名医学院学生即将上解剖课了。

夏鲸睡得很沉，脸埋在大大的毛衣领子里。他的头发凌乱不已，他可能不知道，身边的这对男女正讨论着"关于前男友的一百种死法"。

"我们先吃饭吧！饿死了！"秦依依不乐意了。

"不好吧，人家客人还没醒呢……"伍凌把两只手抹得白白嫩嫩，一副"刚涂了护手霜不想去端汤"的表情。

"还客人……我问你，你见过这样的客人吗？不打一声招呼就跑别人家来，然后又不打一声招呼地睡人家沙发，你见过吗！"秦依依这样的姑娘，你完全捉摸不到她什么时候会发脾气。从某种意义上来讲，她的脾气就跟她的记忆一样，嗯，一样混乱。

伍凌忽然面瘫地望着秦依依身后，那个他们刚才讨论怎样"解剖"的"尸体"忽然翻身站起来了，直勾勾地看着秦依依。伍凌指着秦依依身后，面瘫得更严重了。

秦依依回过头去，看了夏鲸一眼，腿一软，差点没吓死。

"夏鲸！你叫这个名字就是为了出来吓人的吗！"

"对啊，你不是叫我惊吓同学吗，嘻嘻。"夏鲸伸了个懒腰，问道，"洗手间在哪啊，有没有牙刷？"

就这样，小保姆伍凌用一种近乎哀怨的眼神看着夏鲸享受着他那新买回来还未拆封的电动牙刷。一想到是斥巨资买的，他心里就一阵酸疼。

秦依依见伍凌一面扶墙，一面捂着胸口，一副痛不欲生的样子，问道："你被抢劫了吗？"

伍凌更痛不欲生了。

好不容易坐下来吃晚餐了，夏鲸又问伍凌有没有护发精油。

一向只有护肤品的伍凌没有想到一个男人会问他要护发品，顿时发窘。

"你要那做什么？"秦依依喝了口汤。

"你知道，做一个畅销作家，我很难的。"这语气，怎么和那谁神似！

"你和我表妹应该认识一下。"秦依依挑了挑眉。

"怎么讲？"夏鲸没有要到护发素，因为伍凌的口袋里只有护肤霜和护手霜，于是他用护手霜擦了擦头发，做了个简单的发型，看得伍凌叹为观止。

他原以为自己已经是男人中的极品了，可没想到这里还有个更甚的。

"你们作家不应该把主要精力放在写作上吗，这么注重外形，不太好吧？"

秦依依喝完了汤，开始吃饭。

"主要是怕被偷拍。"夏鲸非常好意思地说。

"你怎么跑我家来了，不怕绯闻啊。"秦依依话里充满了讽刺，这股讽刺大概夏鲸没听出来，只有伍凌听明白了，把脸埋进碗里偷笑着。

"这里离机场近啊，我太累了，就先过来休息一下好了。"夏鲸露出迷之微笑。

"冷静……冷静……"伍凌按住了准备发火的秦依依。

"你快正常点啊，又想被驱逐出去啊……"伍凌好不容易劝住了秦依依，转过头来告诫夏鲸。

"不过来我会死。"夏鲸冷不丁的一句话，令秦依依和伍凌都懵了。

他们刚讨论完一百种死法，莫非要应验了？

"我是说我的房子一个星期没人住了，里面没有粮食，没有水，回去了我会饿死。"夏鲸解释道。

原来是这样。

"那你平时吃什么？"

"泡面啊。"

"够拼啊兄弟！来，走一个。"两只汤碗碰在一起。

晚饭后。

"我可不可以单独和她待一会儿啊？"夏鲸问伍凌。

"可以啊，我回我的房间就好。"伍凌一边收拾碗筷，一边说。

"我想带她出去走走……"

"不行！出去一定得我陪同！"

"这么霸道……"

"你们俩在聊什么呢？"秦依依走过来。

"哦，我夸他书写得好，他夸我菜做得好。"伍凌洗着碗，嘻嘻哈哈地说。

秦依依白了他一眼，继而来回打量着这两个语气怪异的男人。就在她进来的那一瞬，很明显听到了那句"这么霸道"。

"你干嘛这样看着我们啊？"伍凌被看得十分不爽。

"实不相瞒，"秦依依抱起手臂，面无表情地说，"我怀疑你们两个……"

"怎么了？"

"我们没什么啊！"

居然同时面露慌张之色，秦依依愈发肯定："有情况。"

两人居然又同时地，松了口气。

"你可真会猜啊。快出去，这里是我的地盘，我洗碗的时候一般不喜欢闲杂人等吵我。"伍凌把他们推出去，拉上了门。

"你再说一遍你……"秦依依正想砸门，被夏鲸劝住了。

"好啦我们说点正经的。其实我这次是有备而来。"夏鲸和秦依依蹩到客厅沙发处。

"什么？"秦依依不习惯这样的场面。

"我向你求一个时间，我们不定期地相约一个时间点，我备了好多故事，要说给你听。"

"这就是你的'备'？"秦依依还以为他的"有备而来"是什么呢，闹了半天是要讲故事，当自己是三岁小儿吗？

"对不起，我不喜欢听故事。"秦依依一口回绝。

"这个故事呢，不是严格意义上的故事，是一种比较抽象的说法，可以是真的故事，也可以是话语，还可以是……"

"你们作家说话都这样让人听不懂吗？"

"不是，秦小依，你以前听得懂的。"

"我现在变了，我已经不记得以前，也最讨厌别人和我说以前！"秦依依忽然情绪大变。

夏鲸又陷入手足无措的尴尬境地。他忽然意识到秦依依真的是失忆了，不再记得他们的曾经，他很伤感，一方面是自己被初恋遗忘得干干净净，另一方面是感叹命运对秦依依的残忍，一个失去所有记忆的人，她还有什么呢？她什么也没有。但转念一想，这也挺好的，走过的路不一定是用来日后回首的，还可以是过目就忘的。

所以命运对谁都一样，命运就是时光，没有谁能长此以往地拥有过往。

夏鲸顿时来了情绪，勃发的情绪，力量惊人。以自己将近十年的写作经验来判断，这是绝好的东西。对于一个作家而言，最庞大的情绪就是，灵感。

　　夏鲸快速告别，连外套都没有拿，就走掉了。多一秒都不行，那种感觉，时不我待。

　　伍凌洗完碗出来，发现只剩一个秦依依。

　　"你那前男友呢？"

　　"跑了。"

　　"跑……跑了？"

　　"嗯，衣服都不要了。"

　　"你把人怎么了啊？"

　　"我说我不喜欢别人给我提从前，他就跑了。"

　　"不至于啊，他不是小气的人啊，一会儿我打个电话问问。"

　　"你们很熟？"

　　"熟……熟啊，他都用了我牙膏、牙刷了能不熟吗？"

　　秦依依有一搭没一搭地和伍凌说着，虽然不愿意承认，但她还是觉得自己有时候确实是过于情绪波动了。

　　她有些搞不懂自己，继而有些恼。她恼自己就算可以忘掉过去所有有过交集的人和事，但也不能忘掉自己的脾性和燃点。这也是她失忆以来给旁人的印象——性格不明，性情不稳。

　　而在她看来，这段日子她所接触的每一个人都有自己的性格特点。

　　苏珊直率机灵。

　　郑梧儒雅谦和。

　　夏鲸玩世不恭。

韩慕腹黑稳重。

伍凌则丰富点，似乎不能一言以蔽之，但也算是性情稳定。

只有她秦依依，似乎永远都令人找不到方向。对于所有人而言，自己就是个盲点。

她感到有些难过。

记忆不明朗的人，心理触觉尤为灵敏。这就是秦依依，一个惯性记性差，差到后来什么也记不起来的倒霉鬼。

"你能不能描述一下我。"秦依依不经意的、不带提问语气的话，让伍凌一个激灵。

"夸你好看呢，还是夸你好看呢。"只有这样接一句，才不会突兀，真是难为了本保姆啊。

"我是说性格，性格！"秦依依强调。

伍凌撇起嘴若有所思，秦依依难得地没有打断也没有损他，静静地，带着期望地，等待这个和自己相处时间最长的人的宣判。

"不好说。"想了半天，就想出了这三个字，秦依依真想大呼"要你何用啊"。

"是真的不好说啊，哎，你别打我啊，我说不好说，是因为不想敷衍和骗你啊。哎哟，别打，我如果随便编两个形容词就概括了你这么个大活人，你也信吗？"小保姆差点被打死，一面要躲着，一面还要解释，做人真的太难了。直到说到后面，秦依依才住了手。

"不好概括？"秦依依问。

"是啊！你想想，哪有人能用一句话、一个词就给形容了的？你这么丰富的一个人，什么词都形容不够也形容不准啊！"

他居然也用了"丰富"，居然和我形容他的一模一样？

秦依依听见他说自己"丰富"，愣了一下。

"你别发愣啊，你说我说的有没有道理，是不是这个意思？你就是你，秦依依，独一无二的'一'，你无可复制，无可替代。你有很多优点，也有不少缺点。你看起来脾气很大，其实心很软。你很骄傲，有时候也很脆弱。你是我见过心地最好的姑娘。"

　　秦依依听得真酣，冷不丁被最后一句戳了一下，有点不好意思起来。

　　"要是呢，每个月能按时发工资的话呢……就更好啦，哈哈哈！"这小保姆，不当演员真是可惜了。演得真好，变脸似的。

　　"你知道怎样用一句话来形容你吗？"秦依依轻蔑地看了伍凌一眼。

　　"我不知道，我不想知道，肯定没好话！我要去睡觉了，晚安！"伍凌说完给了个飞吻，迅速钻进了自己的房间。他才不给自己找虐呢，现在秦依依的脑子里肯定塞满了一脑袋的恶毒词汇。它们汇起来，非把自己淹了不可。

　　伍凌打开电脑，登入他的粉红小网站，屏幕上粉色的光照在他的脸上，他咧开嘴"呵呵呵"地笑了。

地图约会

当夏鲸再次出现的时候，秦依依态度好了许多。她开始主动和夏鲸聊过去的事情，聊自己以前是怎样的人，喜欢做什么事情，和什么样的人交往。

夏鲸很兴奋，脸上像浮动了光一般，神采奕奕。秦依依破天荒地建议出去走走，可她并不知道，夏鲸并不是因为她的态度转变而兴奋，而是一天前的那个晚上，他从她这里得到了勃发的灵感。那天晚上他伏案写了一夜，清晨天光大作的时候，他的中篇小说也完稿了。

一气呵成。

其实不光是这一次，早在十天前他在新书发布会上和秦依依见面之后，体内就涌动着这股生猛的力量。当天他回到家中，在很疲惫的状态下，他仍然完成了一篇高质量的短篇小说，发布后收获一众好评。

他开始相信，这个女孩，不仅是学生时代开启自己蒙昧无知的天使，即使时隔多年，再次相遇，她也仍然是自己的幸运女神。

和她在一起，任何时候，都是好时候。而如今，对于夏鲸而言，最好的时候，莫过于写作高质高产的时候。

表面的光鲜都是给别人看的，只有自己知道，为了写出好的作品，他付出了多少。而最恐惧的时刻莫过于灵感枯竭，他近乎发疯，与朋友谈心、与自己对话都没有用，他差点与死神长谈，撕裂灵魂。

阴暗的一面，永远不会告诉别人。我是天才，我没有瓶颈，没有障碍，没有阻力。

我是夏鲸。

对秦依依的特别情愫，使得夏鲸情不自禁一次又一次来找她，恰好秦依依心情也不坏，一拍即合。

夏鲸给秦依依制定了一张"约会地图"，上面圈圈点点了一通，密密麻麻全是地点和标注。

秦依依拿起地图，伍凌在旁边附和，两人简直叹为观止。

"你是怎么做到的？天呐，这么精细。"秦依依说。

"我说，你这是把你们从前去过的地方都记下来了吧，你怎么做到的，兄弟，佩服！"伍凌说。

夏鲸被夸燃了，露出他那雅痞式的微笑，还扭了起来。不知道为什么，从前他这样，秦依依总会觉得轻浮，如今一模一样的动作，倒觉得他是真性情了。

"这有什么，我可是记日记的，几本翻下来，轻轻松松圈出所有地方！"

秦依依和伍凌同时竖起了大拇指。

"哦，还有一个地方记漏了。"夏鲸说着，拿起笔开始补记。他的手指十分修长，多少妙笔生花、文采斐然，都是出自这双手。

"我们真在这么多地方约过会？"秦依依问，在得到夏鲸的点头确认之后，又提出了第二个问题，"那，我们为什么会分手？"

"……"

夏鲸沉默半晌，大家屏息凝视，继而得到的说法是："你把我甩了啊！"

再追问，夏鲸不说了。

"哎，真是可惜了这么好的——一张地图啊！"伍凌拿起地图。

"其实你们是少见多怪啦，你们没见过我的小说大纲，一部长篇的大纲，我会来来回回修改上十遍，而且还都是在稿纸上，那个密密麻麻啊，红黄蓝黑各色笔墨啊，我自己都怕！"夏鲸提起他的创作，总是很燃。

"你是买不起电脑吗？我送你一台吧！"伍凌冲夏鲸挑挑眉，秦依依看得一脸鸡皮疙瘩，没想到伍凌接着说道，"——用我这个月的工资。"说完，假装不经意地看了看秦依依。

秦依依一拍脑门："哦我想起来了！上个月的工资是不是还没结给你啊？哎呀，我给忘了，真不好意思！"

伍凌和夏鲸一齐叹了口气："唉……"

领到工资的小保姆异常激动，拍着胸脯道："说吧，今儿想吃啥？大爷我发工资了，今天罢工！下馆子！老子不进厨房了！"

"豪气就爱你这样的！"夏鲸又扭了起来。

秦依依眯着眼睛瞧着小保姆，这小样儿，才领了多少钱，就嘚瑟成这样，果然也只能是鄙人的保姆了。

夏鲸的专情只留给了秦依依，这个他第一个喜欢上的姑娘，他的初恋。

据说男人对初恋往往都有一种天然的赤诚，且不遗余力地奉献。而一旦初恋宣告失败，美好的幻想破灭，此时用过的所有深情都会转化为一股恶势力，反噬自己的心。

所以分手之后的夏鲸除了才情高涨，写文一发不可收拾。性情也发生了改变：从一个腼腆内向的男生变成了一个玩世不恭、花心不专的男人。

所谓用情太深，到头来竟成花心之人。

夏鲸的玩世不恭和花心，在秦依依面前展示得淋漓尽致。他并不企图遮掩——他的女朋友和女粉丝数量几乎均等这件事，他在启动"地图约会"的时候就告知了这一点。他的意图是让秦依依放下芥蒂之心，把约会当吃饭喝茶那样轻松对待就好。在秦依依仍然犹豫不决的时候，他又提了一个建议——约会过程伍凌全程陪同，以保障秦依依的安全。

秦依依再也找不到借口去拒绝，于是一场气势逼人的三人行就此开始了。

在开始前，伍凌像模像样地给大家做了分工——

夏鲸是导游兼导演，负责带领大家去往每一个"恋爱景点"，解说这里的"历史"，并负责呈现出来。

秦依依是游客兼贵重物品，负责吃喝玩乐，并受到大家的绝对保护——不弄丢，不弄损。

至于伍凌自己，则是保镖兼替身，负责大家的人身安全及接下秦依依无法出演的戏码。

可别说，这样的分工，简直可以用"完美"二字形容。

当夏鲸将"历史"一幕幕还原给秦依依看，碰到关键时刻，比如牵手啦，拥抱啦，接吻啦，等身体接触的戏，这个时候，女主角就下场了，替身勇敢上场。

秦依依看着人高马大的伍凌被夏鲸又是牵手又是壁咚，又是摸头杀的，简直笑到直不起腰。

这个时候，秦依依似乎变成了观众，看着自己的故事被搬上小小的荧幕，别人来演绎当时的温柔与悸动，那种感觉竟然有些小确幸。她从心底开始感激这两个男人，一个不计前嫌地帮助她找记忆，另一个出于职责尽心尽力护她周全。

她对命运的愤恨，没有那样强烈了。她越来越相信伍凌之前对她说的那句话了：命运如此待你，是想你有人照顾。

慢慢地，秦依依开始享受与夏鲸的约会，因为这个人真的是太会制造浪漫了，而且极懂姑娘的心思，也不枉他笔下那么生动浪漫、文采风流，恐怕就是他日常的实习心得了吧！

但每一次约会，都不是完美收官的，其间都会有突发状况，不是女粉丝制造的就是夏鲸的女朋友们制造的，弄得大家措手不及。没错，夏鲸的女友几乎比女粉丝还要多！

比如回到高中那次。三个人从学校正门猫着观察了半天，好不容易从课间操等到上课，只有两三个班级在操场上体育课，他们猫到后墙翻了进去，没被保卫处的人发现，也没被老师发现，反倒被夏鲸的小女粉丝们发现了。

"夏有惊！"一个正在上体育课的小女生尖叫。

"真是惊爷！"一群正在跑步的小女生停下来抱团尖叫，连队伍也不要了。

保卫科的老师闻声，冲了过来。

一下子，场面混乱。

三个人吓得立马掉头，从哪儿来回哪儿去，翻墙再走起一次。

再比如去广场看小丑表演，夏鲸正细致入微地给秦依依讲当时在这里的趣事——他曾在这里学着小丑的样子在她面前跳舞，冲她念着自己刚写的情诗，她红了脸，走着走着脚崴了，一头栽进了夏鲸怀里，两个人一起倒在了草地上。

如此暧昧的场景给夏鲸一描绘，更是浪漫不已。情书杀手，自是职业撩人。

可这次，人还没撩完，夏鲸的一个女友居然从这里路过，见状，抓住夏鲸不放。这个女友是个玛丽苏姑娘，当即发嗲道："你说，你是爱她多一点，还是爱我多一点？"

夏鲸亲了女友一下，然后迅速挣脱，拉着秦依依跑掉了，留下保镖队队长伍凌善后，结果伍凌被玛丽苏姑娘虐成狗。

再比如，骑着租来的单车，夏鲸载着秦依依从白堤边缓缓而过。

夏鲸穿着大学时期穿的格子衬衣，风吹过来，衬衣的飞起来，衣角拂过秦依依的脸颊，让她忽然有种熟悉的感觉。

似乎，曾经就是如此这般，温存。

"我们以前真有这么……"

"嗯？"

"这么好……？"

"嗯，好过。"

秦依依望着夏鲸离她咫尺的背影，一阵怅然。

想来真是失落，当年这样好过。

然而骑着骑着就被迷妹们围堵了。伍凌又被丢下来善后，夏鲸载着秦依依火速撤离。

再比如——去庆祝过恋爱一周年的咖啡馆，听着小情调的音乐，夏鲸拿出当年秦依依送给他的礼物，一条领带，他示意秦依依像当时一样给他戴上，结果碰到另一个也在这里喝咖啡的女友。这女友是跆拳道教练，是个狠角色，上去直接从背后勒住夏鲸的领带，速度惊人，连伍凌都不是她的对手，三个人吓得半死，落荒而逃。

去游泳池游泳，夏鲸正在回放当年教会秦依依游泳的过程，结果被同在泳池的一迷妹认出，差点没被那妹子激动地摁在水里呛死。

……

约会的那些日子，三个人都仿佛年轻了十岁。他们穿着学生时期的衣服，肆无忌惮地笑，肆无忌惮地疯。

和秦依依约会的那些日子，夏鲸果然灵感爆发，佳作频频，终于女粉丝暴增而现女友骤降，约会时只用提防女粉丝而完全不用担心女友了。

夏鲸是个什么样的人呢？他是这样形容自己的："我有两个性别，第一个是作者，第二个才是男。"

"你居然没有用作家来形容自己啊？"

"嗯，还没到那样厉害的地步。"

"那你平时为什么这样嚣张？"

"我不厉害，但并不代表我不清高啊。"

迟早有一天会变成作家的，这小子。

之所以说自己的第一性别是作者，那是因为他所做的每一件事情都是以写作为前提、一切都是为写作而服务的。这么多年来，他对写作已经达到了沦陷的地步，陷得多深，旁人看不清，他自己是看得非常透彻的。

所以他尝试一切可能的爱恋，从中获取创作的养料。每一段恋情都是为了他笔下生花的故事。

再说他的第二个性别特征。同这世上的大多数男人一样，对于情的欲望，对于爱的新鲜感以及对于浪漫的渴求，是永无止境的。

这两个性别特征结合在一起，就成了如今这位玩世不恭的"情书杀手"。

"韩秦"脉脉

在和夏鲸进行"地图约会"的这些天里，郑梧和韩慕也来找过她。郑梧还是带她拍照，给她讲儿时的趣事。而韩慕，则对秦依依发出了一个致命邀请。

其实在秦依依心里，总有一种无法诉说的感觉，她觉得自己比男人还不像个女人。

这话怎么说？这么说，秦依依觉得，有时候，男人的秘密比女人更多。

她不知道秘密这个东西究竟有多深不可测，她想起总是神出鬼没的苏珊，就喜欢把这句话放在嘴边："A secret makes a woman woman（秘密让一个女人更有女人味）。"

秘密真能让女人更加有魅力？她原以为是作为演员的苏珊玩闹的借口，但此刻她竟然对这个观点郑重其事起来。因为她忽然意识到，自己是个没有秘密的女人，不，准确来说，是个不知道有没有秘密的人。她对所有的一切都是茫然无知的，而所有的一切却都知道她。

这是一件细思极恐的事情。每一天，都不知道自己即将面临什么样的事情，遇见什么样的故人。最重要的一点是，她不知道自己能做什么，有什么能力。日子可长可短，生命毫无质量可言。

她不能终日待在家里，然后听从一个又一个前男友的安排吧！这样和废人有什么分别？

她开始审视自己的生活，觉得如果再这样无所事事地过下去，她将愈发看不清了。

她曾问过伍凌："你们都有工作，只有我。我能做什么？"

伍凌鼓励她重拾旧业，不妨和韩慕接触接触。

所以韩慕此刻发出的申请，对秦依依来说几乎是关键一击——他邀请秦依依回来公司，继续做她的工作。

韩慕的再次出现充满了真诚，这一次，他并没有让小鲜肉司机过来，而是自己驾车而来。只是他并没有进秦依依家中，而是在车上等着秦依依。

秦依依从二楼房间走下来，穿着干练的职业装，化着精致的妆。伍凌坐在沙发上，看着她。

"你真决定不带我去吗？"伍凌问道。

"我想自己能够不再依赖存款度日，而是靠薪水。"秦依依答。

伍凌知道多说无益，便对秦依依再三叮嘱："遇到不认识的同事，也只管打招呼，等着他们向你自我介绍；碰到不知道怎么处理的工作，也不要太勉强自己，慢慢来；然后，如果有困难，第一时间打给我，记住了啊！"

"行了行了，你从昨晚念叨到现在，我又不是智障！"秦依依挎上手提包。

"今天韩慕来接你就算了，以后你上下班，归我接送啊！你可是花了钱雇我的，钱可不能白花！"小保姆把秦依依送出门。

秦依依觉得小保姆这个人吧，挺有趣的，不趁这个时候好好偷偷懒，反而还给自己找事做，真是死心眼一个啊。秦依依笑了笑。

"你刚才出门的时候笑什么呢？"韩慕开着车，问秦依依。

"哦，没什么，觉得今天天气不错，心情也不错。"秦依依愉快地答道。

"你以前也这样，心情和天气紧密相连。"韩慕笑。

秦依依不语。韩慕对她的现状了解多少，她并没有把握。话说得越多，就越会暴露自己。而韩慕不像郑梧和夏鲸，那两个人几乎是无公害物种。老谋深算的韩慕，一看就是狠角色，秦依依不能在过招之前就先输掉三分士气。

"依，"韩慕这样唤她。"你住院昏迷期间，我去看过你几次。"

什么？原来他还和我一直有联系！

"我本想照顾你直到出院的，可我家里出了点事情，不得不回去处理。等我再赶回医院的时候，得知你已经出院了。"

秦依依顺着他的话，想到自己刚醒来的场景：那是在自己的家中，一觉醒来发现什么都不记得了，而至于是谁接她出院的，她并不知道。可她也不愿问韩慕，问了就暴露了。不过秦依依猜想应该是苏珊，除了她也没谁了。

"我现在恢复得很好。"秦依依回了这么一句，就再也不说话了。

韩慕从后视镜看了她一眼，浅笑一下，打开音响，播着轻缓的音乐。

从停车场出来后，韩慕和秦依依边走边说："公司前段时间改组，有两个变化。第一，我们从一家地产集团，转变为一家投资公司。第二，我把所有的员工都换掉了，目前公司只有两个老员工，一个是我，另一个是你。"

秦依依心里吃了一惊，但她依然保持着镇定，听韩慕继续说着。

"所以大家可能都不认识你，不过这没有关系，你依然是秦总监，你的位置，我永远都为你留着。"韩慕和秦依依来到高层电梯区间。

"既然公司经营方向和业务均有改变，那么我对新的业务可能还不熟悉，还需要重新接触。"秦依依顺着韩慕的话说道。

"没有问题的，以你的能力，绝对能在短时间内胜任，这点你我都毋庸置疑。"电梯到了，韩慕和秦依依走进电梯，按亮 58 层。

"嗯，我会尽快了解。"秦依依站在电梯里，听着电梯高速运行的呼呼声。她忽然觉得她属于这里，一个干练拼杀的地方。她极度渴望证实自己的实力到底有多强。其实在答应韩慕的邀请之后，秦依依从自己的电脑里找到了当时的工作案子，花了几天时间统统过了一遍。所以她才有底气，走进 CBD 的高层电梯。

电梯门打开，直接到了公司，秦依依惊讶地走出电梯，望着前台大大的公司名字。

"忘了告诉你第三点——我把公司面积扩建了，现在整层都是我们的了。你跟我来。"韩慕说。

跟着韩慕走在大大的办公区，秦依依看到所有的同事都从格子间里站起来，毕恭毕敬地喊："韩总好！秦总好！"

想必韩慕已将她的到来公之于众了，这样很好，他们是第一次见我，我也是第一次见他们，谁也不认识谁，谁也不难为谁！秦依依在心里乐呵呵地想。

走到一个明亮的办公区域，韩慕停下来，对她说，这一间，就是她的办公室。

秦依依走进去，两扇大大的窗子使得里面光线充足。书柜上陈列着奖项与合影，秦依依逐一看过去，奖项上的名字无一例外都是自己。

"依，我必须强调，你曾在这里，从项目专员做到部门总监，只花了两年时间。你是我最欣赏的员工，你做事非常果敢，有着不同于同龄人的超前智慧和野心。"

秦依依不作声，而是在一张合影前停住了脚。

照片上她与二三十名员工站在一起，身后是一座营销中心。

"半山雅筑。"秦依依念出了声来，紧接着，她在脑海中迅速搜寻前两日看过的项目案，继而脱口而出，"这是集团开发的第一个半山项目，在尖岗山片区。那年我们团队在豪宅市场激起了千层浪花，在不温不火的豪宅市场打了一个漂亮仗！"

韩慕微笑着点点头。

秦依依拿起一张奖牌，只见上书"雅居蓝湾"。

"这是集团五年前开发的一个超级刚需盘，体量大，项目一期开盘惨淡，公司直接开掉了代理团队。我们无路可退，只得自己冲锋陷阵。我们重新定位项目的调性，推出'豪宅品质，刚需价格'的概念，并且对二期园林重新包装。也正是因为这个项目，我们培养出了属于我们自己的强悍的策销队伍。从那以后，集团的地产项目很少再请代理商了，省去了代理费，还减少了担忧，毕竟是自己的团队，可以亲自操控。"

"这一个，云顶熙苑，在湖边，自然生态。靠近石排山水库，水质绝好。这里有野生动物园、度假村和高尔夫球场，我们拿下这块地，推生态别墅，将度假与居住结合在一起……"

韩慕鼓起掌来，眼里充满欣赏。

"我还以为你离开公司之后就把这些全丢了，看来没有。"

韩慕看着秦依依，眼神深邃。他总是含情脉脉地看着她，无论在什么时刻、什么场合。

秦依依从韩慕的眼神里看到一种不同于她其他前男友的东西，她不知道如何形容，只是觉得韩慕的眼里有很多欲言又止的神色，正如她包包里

藏着的那枚 "M" 戒指。

或许是自己先入为主地，因戒指而对他另生其他情愫也说不定。但秦依依并不想问他过往，对于这样一个她把握不住的男人，她不想暴露了自己。

从金融中心 58 层的窗子望去，CBD 的奢靡繁华在左，石枫林的原生自然风光在右，海平面隐隐微现。

一天的工作很快结束，秦依依婉拒了韩慕的晚餐邀约。当她走出大厦的时候，伍凌正在等着她。

上了车，伍凌一面开车，一面问秦依依这一天的情况。

"并不忙碌，就是参加了几个会议，仅此而已。"秦依依伸了个懒腰。

"没有露出破绽什么的吧？"

"当然没有啦，我对曾经的项目对答如流，连我都佩服自己的记忆力了，哎，也不枉我这几天恶补项目知识了。"

伍凌不说话，只是笑了一下。以他这几日对秦依依的了解，这一笑便足矣。

秦依依这几日可谓是拼命三郎再现，她如饥似渴地啃着从前的工作内容，连饭都不愿下楼来吃，都是伍凌送上去，她分分钟解决，继而继续投入到那些工作案子当中。

或许她从前就是这个样子。

"说来真是奇怪，我对平常的事情记性都很差，却唯独对工作的记性超级好！你说我的生活、朋友和家人统统都变成工作该多好啊，是吧？"秦依依在车里不安分起来。

"我还真第一次见你这样的人啊，啥都成了工作，你不得疯掉啊！"伍凌鄙夷道。

"还有一件事比较奇怪。"

"嗯？"

"韩慕把整个公司的员工全换血了，没有一个老员工，全是新员工。公司名字也改了，经营方向也变了。"

"这么狠？"

"是啊……不过我也搞不懂这些，我只想跟以前一样好好做项目，证明我秦依依还是能力妥妥的！"

"好！我每天都接你上下班！"

"我不用每天上班……"

"为什么？"

"韩慕说每周去两天即可，其余时间他也不在公司，也没办法和我探讨工作。公司业务变了，韩慕也似乎并不想让我接触太多过于机密的东西。"

"他就这么跟你说的啊？"

"当然不是，这只是我的判断。他跟我说的是，我才出院时间不长，身体还须调养，没必要这时就开始高强度的工作。"

"这个倒是，写字楼里的工作，压力和负荷都是巨大的，我也担心你身体承受不来，尤其是你前几天复习项目案子的时候，我真怕你身体会垮。"

"嗯，我先慢慢适应着。"

车子缓缓行驶，和晚高峰的车流一起，融入橘色的夕阳中。

我叫郑芊芊

周末，郑梧到访，带来了苏珊的消息，他向剧组打听到的，特来告诉秦依依。

"这么说她在剧组相当快乐咯？"

秦依依听闻苏珊一切安好，终于放心。

"是的，这次的角色非常适合她，导演都称她演技爆发了，很有力。"

"看来我们的苏珊有望出名了。"

"演员这个职业啊，很特殊，并不完全是能力居上的，有时候一部戏、一个剧本、一个角色、一个好导演都是至关重要的。苏珊总算是等来了属于她的好角色，太不容易了。"

"那她还有多久才可以回来呢？"

"估计还要一段时间吧，不好说，要看拍摄进度了。"

"我怎么觉得剧组就像个窝点啊？"从厨房钻出来的小保姆吓了大家一跳。

"你能不能走到我们眼前再说话啊？"秦依依十分无语。

"你们不觉得吗？这剧组，又不让人出来，也不让人使用通信设备，这不是窝点是什么？"

"伍兄真幽默啊。"郑梧笑道。

"过奖过奖！"伍凌大笑。

秦依依看着他们两个，完全找不到笑点在哪。

"只要苏珊没事，人是安全的就好。"秦依依说。

"小依，我今天来，带了一个礼物给你。"郑梧说着从包里掏出一本杂志，递给秦依依。

"哇！你上杂志了！"秦依依打开杂志，伍凌看到秦依依赫然在杂志的好几个版面，不禁叫道。

"这……是怎么回事？"秦依依问郑梧。

"上回我们一起去儿时大院拍的照片，我给你做了专版，小依，你很上相。你等我一下。"郑梧说着，起身出去了，不一会儿，他拎着大大的物件进来。

"放车里忘记拿出来了。"郑梧说着拆开物件的包裹纸，是一个大大的相框。秦依依看到，她跃然在上面，生动自然。

"我选了一张我觉得最好的，做成大相框，你可以挂房间了。"

"乖乖！这照片拍得跟 3D 似的，果然是大摄影师啊！"伍凌接过相框，不住称赞。

郑梧谦虚地笑了。

"这只有一张，哪里够啊！"伍凌再次语出惊人，"我们家这么多白墙书柜，怎么着也得个二三十张吧！"

秦依依恨不得把伍凌踹回厨房。

"哈哈，这个没问题，我正有此意，还怕小依不肯呢。为小依拍照，我是非常愿意效力的！"郑梧看向秦依依。

伍凌用胳膊撞了撞秦依依，小声说道："答应啊！能出现在这哥们镜头前的除了明星、超模，就是你了！"

"我……"

"那我们约个时间，下周末吧！"不等秦依依说话，伍凌抢了白。

就这样，秦依依被可恶的小保姆擅自安排了行程。

也好，对于拍照，秦依依虽然并不十分热衷，但好歹可以出去透透气。夏鲸虽然带她进行着"地图计划"，但他不会每天都来。韩慕虽时常与她交流工作，但不要求她每天都去公司。

每个人都有自己的事情要做。秦依依也要尽量把自己的生活排得满一些。

这次拍照的地点是游乐场，充满童趣的音乐和各种旋转的游乐项目，令秦依依感到有些头晕眼花

"郑梧还没有来吗？"

"说在停车，马上到。"伍凌放下手机。

"游乐园真是个令人头晕的地方啊。我都这么大了，还真不习惯这里，这应该是小孩子才喜欢的地方吧！"

"你又没多大。"伍凌不怀好意地看了看秦依依的胸。

秦依依恼羞成怒，正准备发威，却被眼前停下来看着她的小女孩吸引了目光。

这小姑娘约莫五六岁的样子，穿着白色小袄，系着大红色的围脖，漆黑的长发垂到肩上。粉雕玉琢的脸蛋上，一双眼睛又大又圆。乍一看，竟和秦依依这天的打扮极其相似。秦依依也穿着白色的外套，大大的红色毛衣领子翻转在外，唯一不同的是头发长点。

小姑娘看着秦依依，眼神专注，不知道是不是因为发现"撞衫"了。秦依依被她逗乐了，也看着她。只听"咔嚓"一声，秦依依转过头去，郑梧正托着单反走过来。刚才和小女孩对视的那一幕，被他拍下了。

秦依依刚要开口，只见小女孩蹦跳着跑过去拉郑梧的手。

"爸爸、爸爸，这就是秦阿姨吗？"

时间忽然有些定格。秦依依看着眼前这对父女，觉得人生可叹。

"嗨，你好，你叫什么名字呀？"秦依依对小女孩笑道。

"我叫芊芊，你呢？"小孩子说话就是逗，被问了名字，也要问回去。

"她叫'一一'，你是'千'，比她大哟！"伍凌抢白。秦依依瞪了他一眼。

"那你呢？"小女孩看着幽默的伍凌"咯咯"地笑。

"我啊，我是'零'，我比你们都小哟！"说完还卖个萌，逗得小女孩笑得更开心了。

"所以是——郑芊芊？真好听呀！"秦依依夸赞道。

"'秦一一'也好听，我喜欢'秦一一'！"被小姑娘表白的秦依依也被逗乐了。

"芊芊，不能没礼貌。"郑梧对女儿说道。温和的他，就连教育孩子的时候，也这般温柔。

"那我以后就喊你'一阿姨'吧，我们楼下就有个'秦阿姨'，很凶，我不喜欢她，不想你也叫这个名字。"

秦依依被她逗乐了，说："都可以呀！你喜欢叫我什么都可以！"

四个人在游乐场里逛着。

"爸爸，快给我拍一张呀！"

"爸爸，我这样美不美呀？"

"爸爸，我要和摩天轮合影儿！"

芊芊拉着郑梧，十足的镜头范儿。

"果然是摄影师的女儿，一言不合就拍照哇！"伍凌在一旁抱着个圆滚滚的大椰子，酸溜溜地喝着。

"'零叔叔'，我也要喝椰子！"芊芊跑过来，扬起下巴看着伍凌，扑闪着一双大眼。

"好好好，叔叔去给你买个！"

"芊芊，和叔叔一块儿去，挑个最甜最大的椰子！"郑梧支走了女儿，和秦依依在长凳上坐下来。

"你都当爸爸了啊，真看不出来，好年轻的爸爸！"秦依依望着正在调试单反相机的郑梧，说道。

"这个爸爸，确实是当得有点早。她都快六岁了，时间过得真快。"郑梧笑笑。

"那么，芊芊的妈妈呢？"秦依依小心翼翼地问。

"她……她出走了，几年前。芊芊并没有见过她，所以你们尽量不要在芊芊面前提起'母亲'这个词。"

"好，我会跟伍凌也说一声的。"

郑梧报以感激的微笑。

"爸爸！我们回来啦！"芊芊兴奋地奔跑着，伍凌抱着两个圆圆的大椰子走在她旁边。已过晌午，太阳很大，伍凌戴上了墨镜。

郑梧看着他俩，忽然大笑起来，接着迅速抬起相机，给他们来了几连拍。

"你笑什么呢？"秦依依见郑梧大笑，不解地问。

"他们两个，这造型，让我想起了电影《这个杀手不太冷》的经典画面。

杀手戴着墨镜威武地走着，小萝莉在一旁抱着一盆花跟着。哈哈，真是太像了！"果然是摄影师，燃点永远在镜头和画面里。

"是啊，我这保镖，你别看他长得凶，其实吧……"

"其实我很温柔！"伍凌走过来，接道。老远就听见他们的对话了。

"给，椰子！"伍凌把椰子递给秦依依，说是芊芊执意要伍凌多买一个给她的。

"啊呀，谢谢芊芊啦，阿姨不喝，你给爸爸喝吧，爸爸爱喝。"秦依依尴尬地说，因为她没法在两个大男人和一个五岁丫头片子面前说出自己大姨妈来了，不能喝凉的东西。

"爸爸说你也爱喝，还说你小时候还跟他喝过一个椰子！"

童言无忌，但听者有意。

郑梧温柔地看了眼秦依依。

"我、我不能喝……"秦依依面露难色。伍凌立马会意，把椰子甩给郑梧。

"是男人，就替女人喝了！"

郑梧听明白了，尴尬地接过椰子。

玩了一天，秦依依感觉比上班还累。芊芊早已伏在郑梧的肩上睡着了，伍凌帮他扛着相机，秦依依提着郑梧的包，四个人一起往郑梧的车走去。

郑梧将芊芊安顿在儿童安全座椅上，然后接过相机和包，一同安置好。

"今天就到这里了，本还计划一道去吃晚餐的，结果小家伙不给力，睡着了，实在抱歉。"郑梧说道。

"芊芊有人照顾吗？"秦依依问。

"有，我请了阿姨在照顾。"

"那就好，没事，你们先回去吧，开慢点。"

送走郑梧和芊芊，秦依依和伍凌并肩走着。

"芊芊这孩子，还挺可爱的。"秦依依说。

"看不出来啊，你居然这么喜欢小孩子。"伍凌说。

"也不是，我对小孩子很无感的，你平时也没见我对哪个小孩子格外友好的吧。我就是觉得对这个芊芊，嗯，特有眼缘。"

　　"和小娃娃都能有眼缘，也没谁了。厉害了，我的女主人！"

　　"哎，今天感觉是看了一天的小朋友，都还没好好玩儿呢！"秦依依望着游乐场，伸了个懒腰。

　　"要不？"伍凌推了推她。

　　"嗯？"

　　"我们再进去玩一遍呗！"

倒霉体质发酵第 N 次：逼停摩天轮

伍凌拉着秦依依再次进入游乐场，彼时已近暮色，许多游乐设施都已关闭，只有诸如旋转木马之类的小项目还在运行。

伍凌和秦依依并排坐在旋转木马上，忽然间，游乐场的灯光一齐亮了起来，那么一瞬间，秦依依感到，人间真美。她转过头去看伍凌，旋转木马的七彩灯照亮他的脸，音乐传来——

黑黑的天空低垂，
亮亮的繁星相随，
虫儿飞，虫儿飞，
你在思念谁……

"嘿！"秦依依叫伍凌。

"啊？"此时的伍凌像只热锅上的蚂蚁，正伏在旋转木马上急得团团转。

真是难为他了，一个连坐旋转木马都害怕的男人，恐怕智商真的只有"0"。

"'零叔叔'！"秦依依学着芊芊那样，叫伍凌。

"有话快说！"伍凌紧紧抓着白马的杆子，不敢动弹。

"你害怕的样子，真帅！哈哈哈！"秦依依乐了。她也完全没有想到，人高马大的伍凌，主动提出再进游乐场，居然连这种儿童类的项目也不敢玩。要不是她死死拽着把他拖上来，恐怕也看不到这么滑稽的场面了。

从木马上下来，伍凌的腿就一直发抖。

"你不至于吧，一个旋转木马都能把你抖成这样！"秦依依笑死了。

"还不都是你那好哥哥郑梧！我说不要来游乐场不要来游乐场，他偏要来，早知道我就不来了，这里简直就是我的地狱！"伍凌直冒冷汗。

"那你刚才可以选择不来的啊！"秦依依没好气地说。

"那怎么行！我怎么能让你一个人来！"

"这话说的，有两分真心，不错。"

"何止两分啊！我……我是十全的真心为主啊！"

"好，奖励你的十全真心，这回我们不玩旋转木马那样刺激的游戏了，那个转得太快，你受不了，我们玩个很慢很慢的，来！"

秦依依拉着伍凌，跑了。十分钟后，他们位于距离地面 30 米的高空，匀速向下。

伍凌做梦也没有想到，秦依依所说的"最不刺激"的游戏，居然是——摩天轮。

除了惧怕旋转，伍凌更胜一筹的可是恐高啊。这么大了，他都不敢坐飞机。这一次，他是被秦依依骗上来的。秦依依让他闭上眼睛，说保证是最缓慢的项目，只管跟着她走就好。于是他真闭上了眼睛，由秦依依牵着，这一牵，就把他牵上了摩天轮。当游戏启动的时候，他才睁开眼睛。

估计伍凌这辈子都不会再相信这个女人了。

摩天轮滑到最高点，伍凌的心提到嗓子眼。秦依依望着窗外的万家灯火很兴奋。

伍凌都快哭了。

"哈哈哈哈，你现在这个样子，感觉非常好欺负。"秦依依见伍凌害怕的模样，忍不住逗了逗他。

忽然，毫无征兆地——"啊嚏！"

"啊嚏！"

"啊嚏！"

"啊嚏！"

这一次，无论是从声音还是动作，威力都是惊人的。一种不祥的预感从伍凌心底升起，他鸡皮疙瘩都吓出来了。

就在这时，只听"哐"的一声，摩天轮开始起伏摇摆，机器发出报警，尖锐的警笛声非常刺耳。

秦依依一惊，吓得立马坐下。伍凌则站了起来，凑近玻璃窗往下看着。

"你、你、你、别离窗子那么近……抓稳扶手……"秦依依已经语无伦次了。

"机器出了故障，我看见操作杆那里冒烟了。"以伍凌的视力，看见地面上的情况并不为奇。

"什么？！"秦依依惊慌失措。

"嗯，工作人员都赶过去了，正在检修。"伍凌的声音非常冷静。

"天呐！"秦依依开始腿软。

摩天轮起伏了一会儿，就停了下来，停格在那里一动不动，像座巨大的雕塑。秦依依和伍凌乘坐的那间车厢，正好升上整个转盘的最高处。他们悬在 30 米的高空，没人知道他们在想什么。

时隔经年不及相隔数里，谁也握不住。

"这次的倒霉体质，很可以……"伍凌微笑。

……

"摩天轮……摩天轮上有多少人……"秦依依哆哆嗦嗦。

"也就二三十条人命吧。"伍凌依旧微信。

……

秦依依已经快哭了。

"我想起来了，刚才是谁说我比较好什么来着？"伍凌逼近她。

"你听错了！不是我说的！"

"哦，是吗？我看姑娘你现在倒是很好欺负……"伍凌故意坏笑。

"你别并我坑笑了，这都什么时候了，我俩没准全完蛋……"

真没想到，秦依依倒霉体质的发酵，竟然把摩天轮都给逼停了，这威力确实，有点厉害。

"好啦，别小题大做啦，很快就能修好的！你的威力呢，顶多就能逼停一会儿摩天轮，想谋财害命啊，你还不至于，还没那个威力，啊！"伍凌拍了拍秦依依。

……

"你就别在那自怨自艾啦！趁现在，欣赏欣赏城市夜景，多好啊！"伍凌望着窗外，露出迷之微笑。

"等等！"秦依依忽然想起了什么："你……你现在不恐高了？"

"恐啊。"

"跟刚才症状完全不一样啊！"

"那现在怎么办，要我和你一起坐在摩天轮里哭吗？"

……

"如果我们真下不去了，你有想过吗？"秦依依问。

"那就上天咯！"

"别闹！我说正经的！"

"第一，要对这个自开放以来七年零事故的游乐场保持信心。第二，要对自己有信心，一定不会这样乌龙地挂掉。第三，要对我有信心。"

"对你有信心是什么意思？"秦依依不解。

"我能护你周全。"

秦依依一阵感动，她忽然觉得她的小保姆真帅。

"该不会是要在这个时候要求加薪吧？"秦依依也放松起来。

"开玩笑！我是那样的人吗？嗯，加多少？"

……

"过了多久了？"似乎过去了很长时间，可摩天轮依旧没有什么动静。

"才半个小时，别担心，有我呢。"这半个小时里，伍凌丝毫没有表现出慌乱，他始终观察着地面的情况。虽是夜晚，但好在地面抢修机器的那个小小的片区里，灯火通明，使得他可以看清那里的情况。

"我觉得我走到哪里，都会带来倒霉因子！"秦依依又开始抱怨。

"不是你倒霉，是这个世界太多突发情况，是谁都不可避免的。"伍凌说道。

"哎呀，糟了！"伍凌惊呼。

"怎么了怎么了？没得救了吗？别吓我啊！"

"我想方便了，我的天，下午椰子喝多了！"伍凌皱起眉头。

……

"不知道从 30 米的高空人工降雨会是什么感觉。"伍凌用眼神丈量了一下地面。

"车厢门打不开的，你别妄想了。"秦依依没好气地说。

"哦对，打不开。那看来只有……"

"你别乱来啊！你要是敢在这里方便，我就跟你同归于尽！"

轰然一声，连摩天轮上的灯也熄了。整个世界一片漆黑，伸手不见五指。

秦依依吓哭了。作为一个对黑夜极度害怕的人，她感到深深的恐惧，还有一些绝望。

"把手给我。"伍凌滑亮手机屏幕，把手伸给秦依依。

秦依依哆嗦着将手递过去，只一秒，就被伍凌的大手紧紧抓住，一股温热的暖流直上心间。

伍凌抓着秦依依的手，这时候，连他也有一丝担忧了。因为就在刚才，他看见，地面上开来了数辆消防车，消防员从车上跳下来，和工作人员开始布置气垫。

但他没有告诉秦依依。他只是紧紧握着秦依依的手。

"手机不能再这样亮下去了，我们得保存电量，保持电话通畅。"伍凌说。

秦依依点点头，关掉发亮的屏幕。

狭小的空间里，黑漆漆的，异常安静，只剩下彼此的心跳和呼吸声。

"你把眼睛闭上，我们数到十，你再睁开，就不怕黑了。"伍凌说。

秦依依闭上了眼睛。

"十，九，八……三，二，一……"

果然，睁开眼来，没那么黑了，她甚至能看到伍凌隐约的轮廓。

"真的不黑了。"秦依依缓缓地说。

"你怕黑，是因为你觉得黑暗中只有你自己。但其实并不是，比如现在，你还有我。"伍凌说。

秦依依盯着伍凌看了会儿，说道："不知道为什么，我总觉得这样看你，有很熟悉的感觉。"

"哦？是吗？"

"嗯，我们认识多久了？"秦依依的记性，是不会去计算天数的。

"很久很久。"

"我也觉得有很久了。伍凌，现在就我们俩，还不知道……不知道什么时候能下去，我们不如说些真心话吧？"

"大晚上的大高空的，玩什么大冒险啊！"

"你不敢冒险啊？"秦依依挑衅道。

"从来只会真心话，不会大冒险。来啊！"伍凌充满不屑。

"好，这样，我们各自说出心底的一个秘密，并且保证不准泄露，好不好？"

"说就说，谁怕谁啊！"

"好，你先说！"秦依依这次倒是速度很快。

"我，我很爱我的女朋友，很爱很爱，可是，可是她已经不爱我了，但我还是爱她。"伍凌缓缓地说，这个语气，就着这样的场景，倒隐隐约约有些忧伤，一点儿也不像平时的他。

"那你女朋友知道你还爱她吗？"秦依依好奇地问。

"她不知道。我没有让她知道。"伍凌斩钉截铁地说。

"为什么啊？"

"你不会明白。"

唉。秦依依叹了口气，是啊，自己这样有那么多前男友的人，又怎么会明白。

"该你了，快说！"伍凌催促。

"我啊，嗯，我说一个关于你的秘密吧！"

"你等会儿，我平复一下心情。你不会要跟我表白吧！"

"想得美哦，我还表黑哦！"秦依依非常无语。

"那行，你说。"

"嗯，其实，其实我一直都没把你当保姆看。"

"那就是当下人咯。"伍凌故意说。

"不，是家人。伍凌，我拿你当家人。"

伍凌半天说不出话来，就像此刻的摩天轮一样陷入呆滞的状态。沉默了一会儿，他说："我也想玩一个游戏。"

"好！绝对奉陪！"秦依依附和。

"我们每个人说两句话，必须是关于自己的。要么两句都是假话，要么一句是真话、一句是假话，对方可以要求说话的人回答一个问题，从而判断哪句是真、哪句是假。"

"这个有意思！我要好好想想要说哪两句！"

"那我先来，你听好了。第一句：我很有钱。"

"哈哈不可能！"秦依依立刻打断。伍凌没有理会，继续说道："第二句：我喜欢你。"

秦依依忽然就愣住了。

"你说什么……"

"两句都说完了，现在该你判断了。"伍凌丢给她一个不屑的眼神。

"吓我一跳，还以为你说啥呢！那还用想吗，当然两句都是假的啦！"

"如果是一真一假呢？"伍凌逼问。

"这……"秦依依语塞，在心里纠结了一阵，说道："那你有钱这句是真的，因为有一毛钱，也是'有''钱'啊！"

伍凌笑了："好了，该你说我猜了，快说！"

秦依依立刻苦思冥想。

"我想好了！"

"来啊，互相伤害啊！"伍凌附和。

"第一句：我很花心。"

伍凌笑着摇了摇头，但并不作声。

"第二句：我根本就没有失忆！"

"你说什么？"这回轮到伍凌吃惊了。

"我也说完两句啦，你猜！"

伍凌沉思了一会儿，答道："我选两个都是假的。"

"那如果是一真一假呢，你选哪个？"秦依依也学伍凌。

"那我选你很花心吧！"

"为什么啊！"

"因为你有那么多前男友！"

……

聊着聊着，秦依依犯困了，她没有晚睡的习惯，生物钟开始作祟。

"困了是吧？"伍凌听见秦依依在打哈欠。

"嗯，有点。"秦依依声音倦怠。

"那这样，就可以睡了。"伍凌一把搂过秦依依，将她揽入自己宽厚的怀中。

秦依依靠着伍凌结实的胸膛，有些异样的感觉。她有些想逃出来，但又移不动自己，于是作罢。

"你说——"

"嗯？"

"要是我一觉醒来，又忘记了所有事情，连你也不记得了，可怎么办啊……"

秦依依声音越来越小，伍凌知道，她就快进入梦乡了，于是轻声说："没关系，我就再以男保姆的身份，来到你身边。"

"嗯……好……"

秦依依不再说话，呼吸声变得均匀而香甜。

而此刻的伍凌一点儿也睡不着。他把秦依依逗开心了，解除心理恐惧了，可自己却仍处于不安之中。距离事故发生已经快三个小时了，他不知道地面上到底是什么情况，也不知道，是否正如自己宽慰秦依依的那样——我们会获救的！

他听着秦依依的呼吸声，拉长了回忆。

不知道过了多久，自己也迷迷糊糊睡去了。他靠着座椅的后座，秦依依靠着他。两个人以一种极其和谐的姿态，一起进入各自的梦。

摩天轮忽然颤动了一下，伍凌被晃醒。他立刻睁开眼睛，看了看窗外的灯火，确信了一点——摩天轮在下降了！

他叫醒秦依依，然后起身贴近窗子，终于看见地面的工作人员，朝他们招手。

"我们要着陆了！修好了！"伍凌欢快地说。

"你是谁？我为什么会在这里？"秦依依忽然说出一句令伍凌差点吓破胆的话。

"大姐，你别吓我啊，我胆儿小，又恐高，还特怂，不经吓啊！"

"我不记得你了！"

"真的假的啊，不会这么没良心，连你男朋友都不记得了吧！"

"呸！美得你！"秦依依"噗嗤"一声笑了出来。

"你还真是没良心！"伍凌呜咽道，"这种玩笑以后不准开了啊！"

"这种事故也不会再发生第二次了！"

只是不知道，这事故，是指记忆短路，还是摩天轮故障。

终于活过来了！对于这场"劫后逢生"，让秦依依耿耿于怀了好久，尤其是第二天在家里补觉的时候，接到郑梧打来的手机："小依，你看新闻了没有？昨晚咱们去的游乐场啊，出事故啦！那摩天轮坏了，抢修了五个小时才修好呢……幸好我们走得早啊，我算了算时间，刚好就是咱们走了没多久事故就发生了，好险呐……"

秦依依顿时气不打一处来，分明就是你郑梧昨天选的好地方，不是你，我们也不会无缘无故去那地方，遭受无缘无故的事故，被困了五个多小时，还吓得半死！

她刚想发火，又突然清醒了：如果告诉别人，自己昨晚和男保姆在一个封闭的摩天轮车厢里待了五个小时，那以自己后还要不要嫁人了……

于是，淡定，深呼吸——"是啊，还好我们回的早啊！"

差点遇害

第二天是周一，韩慕在公司，秦依依自然也就去上班了。伍凌送她到公司楼下，两个人没有寒暄，秦依依下车，伍凌掉头，各走各路。

经过前天晚上"摩天轮事件"，秦依依和伍凌之间似乎有种"安全膜"被捅破了。

所谓"安全膜"，是指人与人之间最好的距离屏障，隔着它，人们就像是隔空打拳，怎样出招都不会受伤。但这层膜也极其脆弱，总因某件意想不到的事情意外摧毁，继而你再看我，我再看你，竟是无言。

秦依依和伍凌两个人，从前的所有肆无忌惮都一命呜了个呼。

其实这事儿怨秦依依。谁叫她在摩天轮上醒来的时候，发现自己几乎是挂在伍凌身上的——像抱一只大大的绒毛玩具那样，四肢都扑在他身上。秦依依一个激灵，想闪开，结果发现伍凌把她攮得很紧，她动弹不得。而更令她意外的是，一向怕冷如命的伍凌，竟然将自己的大衣脱下给秦依依当了被子。

她仰头看了看伍凌，发现他的轮廓竟那样清晰，似乎窗外有月光倾洒进来。看着看着，她竟然觉得似曾相识，然后回想起伍凌在几个小时前和她玩对赌游戏时说的那句——我喜欢你。

秦依依脑子忽然短路，她不声不响地，凑了过去……

突然，摩天轮又"哐当"一声晃动了，她还没碰到他就被震开了，吓得连忙闭上眼睛装死。

直到他被晃醒，低沉地发出一声如梦呓般的声音，继而轻轻地拍醒一个装睡的她。

尽管事后伍凌并没有什么反常，他还是和以前一样，但秦依依就不一样了，她看伍凌的眼神，变得怪异起来，弄得伍凌十分不解。

询问几遍未果后，伍凌吼了一声："你是见了鬼吗？老这样看我！"

在连续被秦依依惹毛的后，伍凌也不理她了。

秦依依还在恍惚这两日的事情，电梯已经不知不觉到达了58层。

"依依，今天你跟我出去一趟，我们有个很大的客户要见。"韩慕穿上西服，秘书收拾好他的笔记本电脑，提着公文包，毕恭毕敬地站在他身后等候。

秦依依一听，不禁犹豫：这时候去，怕露馅；不去，又显气短。只听韩慕又转头对秘书说："你今天不用去了，秦总监和我一起去。你留在公司，把明天出差的资料准备妥当。"

"好的韩总。"秘书答道。

看来没有第二条路，只能硬着头皮去了。

下到停车场，韩慕让小鲜肉司机坐到后座去，他亲自来开车。

秦依依坐在副驾驶上，还是留了个心眼，给伍凌发了条信息。

"我们今天要见的是铭泰的龙总，虽是合作伙伴，但也是竞争对手，这一次，我们就是要从他们手上，拿下项目。"

"有几分把握？"秦依依问。

"你来之前，只有 5 分。现在，我有 8 分。你是龙总极其欣赏的人，而能接近他的人并不多。此人外表有些痞，但内心极难把握，看不到招式，无法见招拆招。不过说来奇怪，之前有两个大项目，本来铭泰是我们的竞争对手，后来你出马，龙总都直接退出了。"

韩慕开车也与常人不同，别人开车，你会知道他是在开，顶多是技术好坏而已。而韩慕，你感觉不到他在开车，因为你能同时感觉到他在说话，在思考，在运筹，在帷幄。方向盘在他手中，很自如，就像随意摆弄的烟斗一般。

这是一个可以同时做很多件事情的男人，且每一件都能同时做到极致。

厉害之人，也是可怕之人。

这时韩慕的手机响起，手机在后座的公文包里，秦依依于是转身帮他取出。

"吴总……"秦依依看了一眼屏幕上的来电显示，告诉韩慕。

"帮我接一下，依。"韩慕目不斜视看着车窗镜。

见秦依依犹豫，他又说："接就好，我们之间没有秘密。"

秦依依于是接起。

"喂，您好？喂，喂？"秦依依对着电话问了半天，那头一点声音也没有。

"挂了。要不要回过去？"秦依依问韩慕。

"不用，他一会儿会再打来的。"韩慕依旧目不斜视，并不看秦依依。

和秦依依的其他几个前男友不一样，他们都是围着她转，顶多也就是夏鲸那样和她斗斗嘴闹一闹，而像韩慕这种似乎不带功利性地接近她，还没有。

难道他只是想在工作上利用我？秦依依自顾自地想着，电话果然又响起。这一次，是她的手机。

她拿起来一看，是伍凌打来的。秦依依想到刚才给伍凌发的信息，深怕接电话的时候被韩慕听出破绽，于是掐灭了来电。

"怎么不接？"韩慕问道。

"哦，400 的号，一看就是骚扰电话。"秦依依编了个幌子，韩慕也没过多在意，继续和秦依依聊着"龙总"的事情。

秦依依一边听着，一边打开了手机，给伍凌发微信，说她在韩慕的车上，不方便接听。

伍凌半晌没有回复，过了许久，弹过来一条消息：对我开启实时定位。

秦依依一愣，若不是伍凌提醒，她还真不知道现在车子开到哪了。她打开实时地图，显示位置已到达南郊，她给伍凌发了过去。

"都记住了吗？"韩慕的一声询问打断了秦依依，她手机中收回神来，搪塞道："记住了，一会儿我少说话，听你分析项目。"

"对。我们快到了。"

韩慕的车驶入一个山庄，秦依依望着风光大好的南郊山庄，忽然反应过来："在这里谈？"

"是啊，以前不都是来这里吗，有什么问题吗？"韩慕停好车。

秦依依没有说话，用手机拍下山庄的名字，准备给伍凌发过去。可令人害怕的是，手机在这里一点信号也没有，别说网络了，就连电话也打不出去。

"知道为什么喜欢来这里谈生意吗？"韩慕看到秦依依的举动，明白了三分。

"这里私密性好，而且没有通信讯号，就连数据和机密也不易泄漏。"韩慕下车，给秦依依拉开了车门，站在车旁绅士地等着她。

秦依依迟疑了一下，并没有立刻下车。韩慕催促："我们已经迟到了十分钟，谈生意，最忌讳没有诚意，而最没有诚意的表现，莫过于迟到。

你从前不这样的秦依依，谈生意总是提前至少二十分钟到，快下车吧。"

秦依依接过韩慕的话，说道："没错，那也是以前的我罢了，我们分手已经两三年，我变了，你也变了。如今我是什么样子，就是什么样子！现在，我要告诉你，我不认识那个什么龙总，当然，如果他想认识我，也不是不可以。你把你的手机给我，我替你保管，你答应我，我就下车。你信任我，我才信任你。"

现在轮到韩慕迟疑了，他没想到秦依依会这样反击，还要他的手机。但时间不等人，韩慕顾不得那么多，将手机交给秦依依。

"原来你是对我不放心。"韩慕说。

"我们在一起两年，我都没骗过你什么，现在你好不容易肯见我，我又怎么可能骗你。"韩慕越说越动容。

"我为什么一直不肯见你，你知道为什么吗？"秦依依表面上是在反问韩慕，实际上是诈降韩慕，让他说出连她也不晓得的原因。

"我……我们之间一直有误会。我一直在等一个机会，等这个误会能够消除，你重新回到我身边！"韩慕动情地说。

"好了，到了。"秦依依停下来，面无表情地说。

她也搞不懂，自己对韩慕，虽然毫无印象过去究竟发生了什么，但就是有种苦大仇深的感觉，连她自己也觉得奇怪。莫不是真有什么大的恩怨，才会在潜意识里如此不信任他、如此挤对他？

而此刻站在贵宾室门口，望着紧闭的房门，秦依依忽然想要赌一赌。她要赌一个肯定，一个对于他的肯定。那枚刻有"M"戒指还在她包包的最里层，安静地躺着，独自生辉。

接待人员打开贵宾室的门，鲜肉司机在门口留守，韩慕先进去，秦依依跟在他身后。

一分钟前还深情款款的这个男人，此刻已换作一副深不可测的面容。

生意场上的面容。不见风月，不弄风尘。

从沙发上起身的男人似乎已等待多时，烟灰缸里有两只熄灭的烟头。他头戴一顶鸭舌帽，三十多岁的样子。鼻梁非常高，显得五官轮廓十分硬朗。

想必此人就是龙总了。

"龙总，久等久等！刚才走错了一条路，绕回来耽误了时间！"

"韩总，又打诳语！来多少次了，还走错？想必是心猿意马吧！"龙总说完，故意看了眼秦依依。

"秦小姐别来无恙啊，多年不见，甚是想念！"说完伸出手去。

秦依依还没有回答，韩慕倒先伸过手去，将龙总的手拉过来握住。

"龙总还是这么客气！站着说话腰疼，咱们坐下来吧！"

龙总被韩慕"半路截和"，眼神犀利地转了一下，接着又恢复老练的笑容。

"久仰！几年不见，成语说得越来越溜了啊，都不敢恭维了啊！"秦依依故意说道。

"啊，是啊，这几年研习国文精粹，愈发觉得咱们的汉语真是博大精深啊！"

"龙总说笑了，以您的才识，过于谦虚了啊！"韩慕接话。

龙总一听，点头笑了。

"小秦啊，你怎么又回到老韩身边了，怎么这么想不开啊？"龙总望着秦依依，眼睛滴溜溜地转。

秦依依没有直接回答，她看了韩慕一眼，继而慢悠悠地说："这您得问韩总了。"

龙总于是看向韩慕。

秦依依顺利将"球"踢给了韩慕，韩慕无奈，只能接起："龙总您这话，我不爱听啊，小秦这是慧眼识珠！"

"小秦，这就是你的不对了啊！这小子之前那样对你，你还肯回来啊？"

韩慕不说话，等着秦依依说话。这一次，他明显不想接"球"了。

"龙总，这应该是您的不对了——韩总怎么对我的，您又怎么会知道呢？"秦依依微笑。

不肯接"球"，我照样可以射门。秦依依忽然觉得底气十足。或许，这就是男人生意场上的那点破事儿，调调情助助兴，继而玩太极互推，一是寻点乐子，二是玩玩城府，最后什么都好说了。

秦依依对自己的透析感到有些惊讶。看来还是从前的老底子，自己失忆前一定是个非常厉害的人。

韩慕看了龙总一眼，龙总还想再打打太极或者开点玩笑，不想竟被秦依依打断了："龙总对此次的项目也感兴趣？"

她不想和这帮身上沾满铜臭的男人打无聊的太极，既然来了，就单刀直入，搞清楚对方在打什么主意。

龙总被生生打断，有些不悦，但他没有发作，只是说了句："小秦，你怎么还是这么急性子呢？这么久没见了，也不肯和我聊聊天嘛？"

"聊天，可以，但不是今天，今天咱们是来谈生意的。"秦依依没有意识到她的心直口快是谈生意的大忌。

"依依，别说了……"韩慕小声道。

秦依依不解地看着韩慕，她不知道，她判断人心的那些小伎俩，在韩慕和龙总这两个老江湖身上，简直就是雕虫小技。

"我之所以选山庄，就是不想谈生意的！小秦你应该不会不记得吧，山庄就是我们聊天的地方呀！"龙总有点不顾韩慕的情面了，直接对秦依依露出不怀好意的眼神。

秦依依不惧，她相信有韩慕在，这个姓龙的不会把她怎么样。于是她不慌不乱地说："我记不记得没有关系，但我是韩总的人，这一点龙总不会不记得吧？"

这一下，把"球"同时踢给了龙韩二人。两人面面相觑，一时间竟然都不语了。

"龙总一直都是爽快人，咱们也不绕弯子，项目的优势极其明显，无论地段、市政配套以及政策利好，都证明这是一块绝佳的地，升值潜力巨大。只要我们联手，拿下这块地，这个项目，会超出我们的预估！"

秦依依刚说完，韩慕立刻接过她的话，细说下去。

早在来的路上，秦依依便从韩慕嘴里套出了这些话，所以要说出这些并不难。她和韩慕打着配合，一硬一软，她扮演强势逼人的硬方，韩慕充当圆润细致的软方，两个人仿佛干将与镆铘，扭成一股雌雄剑。

面对韩、秦二人的进攻，龙总似乎并不动容。他故意等两人讲完，然后笑眯眯地说："小秦，咱们落了一道程序。你是知道我的，没有这道程序，我是不会走下一步的。"

"龙总请明示。"

"拉菲还是威士忌？"龙总盯着秦依依，让她抉择。

而秦依依此刻内心挣扎的，也是一个抉择——喝酒还是不喝。

不喝，生意谈不下去，这一趟白来。

喝，人身安全将会成为一个谜团。

秦依依只能看向韩慕。

"老韩，你带了司机，不怕，也喝一杯！"

"那就，拉菲吧，她喝不惯威士忌。"

"好！"龙总打了个响指，叫来服务生。

没有想到，他居然帮的是龙总。这样一个事业优先的男人，自己当年是怎么看上的。秦依依开始怀疑那枚戒指的真实性。

酒端了上来，但秦依依执意不喝。

"我身体不舒服，慕，你知道的。"秦依依竟然如此亲昵地叫韩慕，令韩慕也惊了一下。要知道，她从没有这样叫过他。

"就一口，小秦，这点小事，不能不给面子啊。"

秦依依没有说话，看神情，十分不悦。

"她真的，身体有些不适，别勉强了。"韩慕劝道。

但也只是劝而已，并没有强势阻止。

秦依依此刻忽然很想念一个人，若他在，一定不会让闲杂人等这样为难她！

她忽然有些想鼻酸。

或许生意场上的巾帼，都是如此。没有娇贵，没有脆弱。因为场上没有女人，只有与男人拼杀的女强人。

在韩慕眼里，她大概还是这样一个女强人吧。

自己以前一定很辛苦。

"小秦在圈内喝酒那是出了名的爽快！这样，龙哥我也不为难你，喏，就这一口，你喝了，咱们就继续谈，什么都好说。不就是投资嘛，我投哪不是赚钱啊，但这钱，你得让我赚痛快了不是！"

龙总倒了一小杯酒，递给秦依依，怂恿她喝下。秦依依接过来。

她看着明晃晃的红酒杯，仿佛在琉璃间看到了三年前那个为了生意英勇就义的自己。

如果现在可以做点什么，她会毫不犹豫地冲回过去，叫醒那个即将就义的小秦。

"怎么样，陈年的拉菲迷人吧？"龙总见秦依依盯着酒杯发呆，喜滋滋地说。

"这可是我一朋友，从法国……"

"你也让我喝？"秦依依不等龙总说完，转身问韩慕。

韩慕面露难色。秦依依冷笑。

"龙总，酒太少，加满！"秦依依伸出酒杯。

"早说嘛！小秦还是不减当年啊！就喜欢跟我绕弯子！"

韩慕将信将疑地看着秦依依。

酒杯斟满，秦依依款款微笑，她望着龙总的鼻子，连正眼也不打算瞧。可又不能不看，因为手中的酒得泼上去啊。

看着龙总满脸的红酒，秦依依忽然得到一种快感——大快人心之感。她扔掉了酒杯，转身向门口走去。

龙总大怒，恨不得抄起家伙使用暴力。

秦依依只当耳后是野兽，快步走着。可接下来她发现糟了，门被锁上打不开了。

秦依依转过身来，望着韩慕。

韩慕正拉住暴怒的龙总，还没顾得上理会秦依依。

"给我拦住她！我今天非把这娘们办了不可！"龙总一面擦着脸上的酒，一面吼道。

龙总的一名戴着墨镜的助理已经冲到秦依依身旁，秦依依大惊失色："你们别过来！"

突然，门被"吱呀"一声打开，那个熟悉的身影冲了进来，挡在她面前。

"敢动她一下试试！"

伍凌，她的伍凌，来救她了。

墨镜助理出招，伍凌分分钟将他打得趴在了地上。

在场可能没有人知道，伍凌的格斗有多厉害。

伍凌打趴了墨镜助理，继而看向韩、龙二人，一下子就看到了一旁的拉菲。

"你居然让她喝酒！"伍凌忽然青筋暴起。

"不是不是，你误会了，我们……我们在谈生意……"韩慕解释道。

秦依依担心这个山庄还有龙总的人，便拉了拉伍凌。

"我们还是赶紧走吧！"秦依依这样说。

伍凌低头看了看秦依依，又问了一句："你没有什么事吧？"

秦依依点点头："没有，还好你及时赶来。"

伍凌也点点头说："好，我们走！"

上了车，伍凌快速驶离山庄。秦依依望着表情僵硬的伍凌，说道："都开出来了，你还绷着个脸做啥！"

"我快担心死了，你知不知道！"伍凌还在喷火。

"这个山庄没有信号，我联系不到你啊……哎，你是怎么找来的？"

"你发了定位后我就开车追过来了，定位在一个路口消失了，我追到那里，看到附近有两个山庄，去了那个山庄后没有看到韩慕的车，所以就来到这里了。"

"那贵宾室的门是锁上的，你怎么进来的呢？"

"这可要感谢苏珊了！"

"苏珊？！她回来了吗？"

"还没有。你还记得那天碰巧和她一起来家里的那个韩慕的司机吗？"

"记得，苏珊说他很帅的那个，今天还跟着韩慕一起过来的。"

"没错，就是他。我找到这里后，看到了韩慕的车，又看了看手机，没有信号，于是我知道你们一定在里面！外面的几个房间我都找过了，没有看到，山庄的接待员不肯告诉我你们在哪，我正恼着，那个司机出现了，给了我贵宾室的钥匙。

他说他这么做，是因为你是苏珊的表姐。"

"真没想到啊，居然是他救了我！苏珊已经和他好上了吗？不可能啊！"

"我个人猜测，他应该也对苏珊是一见倾心了，只是迫于工作职责，当时不好承认。"

"那你有没有告诉他苏珊的去向呢？"

"当时急死了，谁还有心情去管这花花草草的东西啊！"

"说得好像我会死一样。"秦依依吐吐舌头，忽然包里的手机震个不停。

"手机快震炸了，谁发的啊这是……"秦依依拿出手机。

"我发的！"伍凌回答。

"我是说韩慕的手机……"秦依依掏出的居然是韩慕的手机，屏幕上弹出多条消息和未接来电，看来是有信号了。

"他的手机怎么会在你这里？"伍凌问。

"嗯，你就当我抢来的吧！"秦依依忽然觉得解释起来很费力。

"给我。"伍凌一手扶方向盘，另一手伸过来。

秦依依递给他。

"砰！"手机被扔出了窗外，被后面的大货碾了个粉碎。

"你可够绝的啊！"秦依依对伍凌说。

伍凌神色依旧紧绷。

"你为什么要和他来这个地方？"

"我以为只是单纯谈生意。"

"单纯？凡是和金钱沾上了关系的东西，都不会单纯。"伍凌的话令秦依依无言以答。

"我问你，那瓶酒你喝了没有？"伍凌继续追问。

"没有，我全泼那什么龙总的脸上啦，嘿嘿。"秦依依想起刚才的壮举，不免有些得意。

"韩慕这是在试探你！"伍凌的一句话令秦依依不知所措。

"试探我？什么意思？试探我什么？"

"试探你是不是真的失忆，还是编了个谎话来骗他！"

"什么？"

"你不能喝红酒你知道吗？一喝就过敏，严重点还得上医院！"

"我……我真不知道，不记得了……不过，你怎么会知道？"秦依依问伍凌。

"苏珊告诉我的。那天她来家里，特意嘱咐了我不要让你喝红酒。"

"这个苏珊，告诉你都不告诉我……"

"重点不是这个。"

"嗯，韩慕居然察觉了我的失忆。"

"总有和从前对不上号的地方，你们相处的这段时间，在公司里，肯定能察觉出来。"

"那他知道就知道了，何不直接揭穿我呢？试探我的动机是什么？"

"两个可能。第一，他曾经伤害过你，要确认你是不是真的都不记得了；第二，对你回来的动机也不太明白。"

"你觉得是哪一种？"秦依依问伍凌。

"第一种的可能性大一些。你们今天来见的这个龙总，你了解他什么来路吗？"

"不了解，只是知道是一家公司的老板，韩慕都要让着他三分。"

"韩慕那是装的。"

"什么？"

"这个人叫龙德彬，开了家建材装饰公司，远不至于能让韩慕低头哈腰的地步。"

秦依依忽然觉得后背一阵发凉。原来刚才的所有，都是假的，都是韩慕一手安排的。

"所以那个龙总根本就是假的？"秦依依问。

"他也许是真的龙总，但是，他并没有那么厉害，和你的关系也并没有那么熟。"伍凌答道。

"嗯。你怎么会了解龙总的底细。"

"这个啊，韩慕的司机告诉我的！"

"生死攸关的时刻，他连苏珊都顾不得向你打听，竟然会和你聊一个老总的底细？"秦依依觉得这鲜肉司机简直太不靠谱了。

"这当然得问清楚了啊，我得知道里头的人是啥来路啊，万一是黑帮的呢？那我就不会自不量力地闯进去啦！"

秦依依被说得无话可说。而她也清楚地知道，她和伍凌之间的那层隔阂，消除了。

有时候，消除并不等同于消失，还有可能是，关系更进一步。

而此时，山庄里，韩慕正坐在大沙发里抽着雪茄。

她究竟有没有完全失忆？这个问题困扰着他。她如果都记得，那她就不会忘记三年前龙德彬曾因为对她不敬而被她怒甩两耳光，今日应该是不会来见龙德彬的。可她如果都不记得，那为什么她执意不肯喝那杯红酒？

韩慕与她在一起两年，深知秦依依白的啤的都没有问题，唯独不能喝红的。

而他对她的记忆产生怀疑的，是秦依依第一天来公司上班那天，在和韩慕陈述三年前的项目时，她把那几个项目的优势，弄混了。把 A 项目的优势说成了 B 项目，B 项目说成 C 项目。韩慕当时有些惊讶，以秦依依曾经的能力，是不可能犯这种低级错误的，况且这些还都是她经手的项目，记混淆的可能性不大，除非记忆出了问题，所以，她究竟是真是假呢？

韩慕的兴趣更大了。

当晚，秦依依睡下后，回想起今天发生的一切，不禁想：如果没有伍凌，她该怎么办。这个世界，还可以相信谁。

"秦"不自"鲸"

秦依依辞去了韩慕公司的工作，也不再见韩慕。但她和夏鲸的"地图约会"，还照常进行着。

相比韩慕，身边其他人似乎都是极其安全的。但伍凌还是每次都陪同，生怕再有个什么闪失。

这些秦依依的前男友们，伍凌和夏鲸最亲近，或许是两个人年龄最相当吧，只要一碰面，伍凌好像都懒得和秦依依斗嘴了，有夏鲸就够了。夏鲸呢，在伍凌面前也是各种放荡不羁的。

秦依依每次和他们在一起，都是被笑岔气的。并且一度怀疑他们两个是不是有情况。

这样也好，可以从不愉快的事情中抽身出来，享受快乐的时光。

"恭喜夏官人啊，近期佳作频频，迷妹数量激增啊！"伍凌冲夏鲸抛了个媚眼。

"你知道得太多了！"夏鲸媚眼抛了回去。

"那可不，我可是有关注夏官人的微博的！你最近涨粉很凶猛啊！"

"托小依的福，嘿嘿。"

"关我什么事？"

"每次'地图约会'都能给我带来矢量的灵感！"

"矢量……夏兄这个比喻真恰当……"伍凌汗颜。

"那你的女友数量是不是也是矢量剧增呢？"秦依依补刀。

"完全相反。"夏鲸说，"我女友数量已经呈负增长了，照这个趋势，有望在不久后达到一个峰值——零。"

"好事好事，要那么多娘们儿你也应付不过来，那啥，注意身体夏兄。"伍凌冲夏鲸挑了挑眉。

"我身体棒着呢！今晚我们去个好地方吧，秦依依，那里的环境可是你最喜欢的！"夏鲸说道。

"啥地方？"

"爱碗亭。"夏鲸说完，冲秦依依神秘地笑笑。

趁夏鲸去开车门的时候，秦依依一把拉过伍凌，小声说："要不别去了……"

"咋了啊？"伍凌问。

"感觉有诈。"秦依依凑近伍凌耳朵。

"有炸药我也不怕啊，我学过拆弹的！"

真是没办法聊天了！秦依依气急败坏。

"你俩干啥呢？上车啊！"

"啊，来了！"

就这样，秦依依被伍凌推上车，一路黑着脸。

到达目的地后，秦依依和伍凌下了车，出现在他们面前的是一家颇有情调的餐厅。招牌上是大大的三个字：爱碗亭。

"这个餐厅……很会取名，厉害了！"伍凌"由衷"地赞道。

"原来是餐厅，我还以为……"秦依依小声嘟哝，被伍凌听到，笑得人仰马翻："你该不会以为他说的是那个'停车坐爱枫林晚'的典故吧！哈哈哈我快被你笑死了，难怪你一路黑脸……哈哈哈！"

夏鲸一听，也笑死了："是啊！这大晚上的我怎么可能带你们两个去小树林啊，去也不可能是三个人啊……"

三个人……秦依依脑补了一下那画面，顿时怒不可遏。

"闭嘴，你们想死吗？"

伍凌话锋一转："这家餐厅的名字，是夏同学取的吧？"

还在抽笑的夏鲸没听明白："怎么说？"

"爱碗亭，夏有惊鸿，依见钟秦。应是一个套路。"伍凌露出微笑，缓缓地说。

"嘿！你……"夏鲸一时找不到词来形容伍凌了。

餐厅布置得格调清新，三人选了个僻静的角落，点好菜，开始聊天。

聊到一半，过来倒茶的女服务员忽然惊叫："噢，天呐！"

伍凌被她吓了一跳，也叫道："噢，地啊！你没事吧！"

"我没事！那个啥，你是我惊吗？！"说完两眼放光地看着夏鲸。

不用说，他们又遇到夏鲸的粉丝了。

"惊爷！我喜欢你好久了！你每一本书我都买了，每一场签售我都去了！就只有上次书城那场因为生病没去成，但我听群里小伙伴们说，那天有个狐狸精搅场了是吗？"

夏鲸和伍凌一听，都吓得半死，好家伙，这群小娃娃粉丝，也真会捏造啊，那天分明是夏鲸把秦依依牵上台，而秦依依整个过程都是懵的，居然还要被人骂狐狸精，也是醉了。

再看此时的秦依依，竟然一言不发地低头喝着茶，头埋得很低，看不清神色，但想必是要发作了吧。

伍凌冲夏鲸使了个颜色，夏鲸赶紧发声，阻止这个小丫头再说下去。

"虚……姑娘，低调，低调！可以帮我们上菜了吗，我们很饿了！"

"还没那么快！惊爷，这是你和我说的最长的一句话欸！你知道吗，每次签售的时候你签完名都只说'你好，谢谢'，今天你居然跟我说了这么多，我一定要发群里让她们一个个羡慕死，哈哈哈！"

"这位小姐，我们是来吃饭的，现在是我们的私人时间，麻烦你在你的工作时间内做好本职工作好吗？谢谢。"

秦依依，不知道什么时候从茶杯里抬起头了，看着这个服务员小迷妹。这气场，足得可以去演霸道女总裁了。

小迷妹似乎并没有被吓到，也没有意识到自己的行为失当，反而反问一句："这么说，你就是他的绯闻女友咯？"

果然是人小志坚，伍凌在一旁长见识了。

秦依依并不作答，她来了招更绝的——招手叫来了大堂经理。

几分钟的训斥之后，大堂经理给秦依依赔礼道歉，然后拎着不懂事的小服务员走了。

伍凌冲秦依依竖起大拇指："厉害了，我的女主人！"

秦依依做无奈状："唉，不知道就这样赶走了某人的真爱粉，某人会不会心情不好哦。"说完故意看向夏鲸。

夏鲸尴尬地笑笑："快别这么说，我都窘死了。"

"真看不出啊，你居然这么红，连吃个饭都不安宁。"经过这么多次的"地图约会状况"，秦依依算是见识到了出名的威力了，看来苏珊应该也不是盖的。

"都是老天赏饭吃，恰好走运了。唉……"夏鲸说。

"这话说的，都不像你了。"伍凌及时补刀。

"嘿，我说你们，你们主仆俩，还真是步调一致啊！简直可以做雌雄双煞了！"

吃吃喝喝、插科打诨着，秦依依忽然觉得这种感觉很久违。这是一种怎样的感觉呢？她环顾着四周吃饭的人们，大多也都是和他们一样，说说笑笑。

人们聚在一起吃饭，或许不仅仅是因为享受美食，更多的是那种聚餐带来的饱足感。胃和大脑皮层，都填满这种感觉。它们一路雀跃，一路通畅。它们让自己快乐，让朋友情谊深厚。

朋友，是的，就是这个词。对秦依依而言，此刻之前，这只是个简单的名词而已，此刻伊始，它便是个形容词——是一种关系，一种意义，一种属性。

是的，此前秦依依怅然若失，自己的生命里少了很多关系。似乎只有苏珊带给她的少得可怜的亲情感以及相处了这么久的伍凌带来的共处感，近似家人的那种感觉。至于这些不断出现的前男友们，秦依依并不知道该怎么定义他们，她想将他们统统都划分到一个范畴里去，那就是爱情。后来想想觉得这个词似乎不太准确，因此换了个词——旧爱。

那么就唯独少了这一样，可以让她放下所有的紧绷开怀大笑，可以彼此互相伤害却又乐趣横生，可以讲很多笑话完全不顾形象……

这一定是友情的感觉，介乎亲情与爱情之间的三大情感之一的，人生不可或缺的一大项。

这种感觉真好啊，原来朋友的感觉这样奇妙。可以在一起说很多很多的话，不必担心冷场和尴尬，什么趣事都愿意拿出来分享，你信任他，他也信任你，你们之间没有任何芥蒂、恶意和目的。

秦依依后来在日记中这样写道。

然而今晚对于她而言，也是极其倒霉的一夜。

彼时他们三人还在餐厅的时候，吃到尾声，服务员过来加茶，三人依旧有说有笑地聊着。

这名服务员端着茶壶过来了，三人也并没有过多留意。在给秦依依的杯子斟茶的时候，秦依依忽然开始打喷嚏，接连打了好几个。

坏了，这莫不是倒霉体质又发酵了？！

伍凌立刻警觉起来，但来不及了，服务员提着茶壶突然一抖，滚烫的茶水顷刻间如决堤之洪，冲刷向秦依依。

伍凌迅速将秦依依拉开，上半身是躲开了，可坐在凳子上的腿来不及离开，洪水奔流而下，漫过秦依依的大腿。

切肤之痛。

"啊！"秦依依被烫得大叫，伍凌将她拉入自己这一侧，夏鲸跳起来抓住服务员的手，顾客们吓傻，工作人员急匆匆赶来。

场面一片混乱。

秦依依痛得泪如雨下，这种被沸水灼伤的尖锐刺痛感令她话也讲不出来，作为烫伤面积最大的部位——左腿，更是没有力气支撑下去了。

虽是冬天，秦依依穿着紧身羊毛裤，开水没有直接接触皮肤，但这也更要命，因为羊毛裤将所有的开水都吸收进来，紧紧包裹着秦依依的大腿，使得烫伤的皮肤无法第一时间得到降温，延长了高温对皮肤的浸泡。要知道，那里的皮肤是全身最细嫩的地方，开水冲过来，完全没有抵御能力。

"快送医院！"夏鲸大喊着。

伍凌在慌乱中很快镇定下来，他示意夏鲸冷静，又让工作人员送来剪刀和凉水。

"听着，我学过急救知识，你现在不要害怕，也不要抖动，烫伤的皮肤要第一时间接触凉水和空气！我现在先浇冷水上去，再剪开腿上的布料，你深呼吸，站稳。"

秦依依看着伍凌，泪光闪烁地点点头。

伍凌将冷水倒了下去，秦依依瞬间感到一阵冰凉，刺激着灼痛的皮肤。她咬紧牙关。

伍凌放下凉水杯，继而俯身下去，用剪刀小心翼翼地剪开左大腿的羊毛裤。他知道这样做也是有风险的，很容易伤到皮肤，但如若不剪掉这块绒布，后果更加严重。

秦依依咬着牙忍受着。她忽然觉得这股疼痛来得太过于猛烈，敏感的神经根根相连，很快将之传送上大脑，她一阵晕眩。

"依依！"夏鲸冲过去。

伍凌及时丢下剪刀，接住了快要倒下的秦依依。

秦依依在去医院的路上昏昏沉沉的，只听到夏鲸说了这么一句："应该早点送她去医院的！"而伍凌似乎是一言不发，只是在紧紧握着她的手。

秦依依在医院迷迷糊糊地醒来。

"哎呀，你终于醒了！"夏鲸叫道。

"我没事吧？"和大多数病人一样，秦依依醒来的第一句话也是这样。

"嗯，大腿浅二度烫伤，面积2%，医生已经给你处理过了，接下来每天要换药……还疼吗？"

"疼……头有点疼……"秦依依捂着头。

"是这里吗？"夏鲸俯身上前，摸着秦依依的头，问道。

"对，就是这儿。"秦依依答。

夏鲸将秦依依的头轻轻揽进自己怀中，下巴搁在她头上。

门外，刚交完费回来的伍凌看到这一幕，先是愣了一下，继而，转身，没有进门。

"还疼吗？"夏鲸问。

"好多了，几乎不怎么疼了。"秦依依答。

"以前你在学校的时候也这样头疼过，但每次我一抱你就好了！哈哈哈我的威力大吧！"夏鲸得意地说。

"那我谢谢你啊！"秦依依推开夏鲸，话里有话。

夏鲸听明白她话里的另一个意思，于是愧疚地说："哎，我也不知道这个粉丝怎么会这么偏激，居然用开水伤人！"

……秦依依没有说话。

"餐厅那边说愿意接受我们任何处置，私了，或者送派出所，都行……"

秦依依沉默半响，说道："别送派出所了。"

夏鲸看着秦依依，表情惊讶，末了，憋出一句："她会感激你的……"

秦依依摇摇头："不送派出所，并不是因为她，而是你。"

"我？"夏鲸不解。

"送派出所，你自然也会被牵扯进来，这事就成新闻了，弄不好还成负面，对你不好。"

夏鲸幡然领悟，他没有想到，秦依依会考虑得这样周全——为了他。

夏鲸眼里满是歉意。

"我有经验，之前就是因为我的明星表妹因为一件莫须有的事情差点上了负面头条，我深知这种事件的发酵功力有多大。"

"就是你常说的那个苏珊吗？"

"嗯。"

"你真是一个好姐姐啊！"

"还有呢？"秦依依歪头看夏鲸。

"好……"夏鲸在想词。

"好朋友！"秦依依接了过去，夏鲸舒了一口气，微笑。

"想想我也够倒霉的啊！"倒霉孩子秦依依的倒霉体质真是没完没了地发酵下去了。

"你看，吃个饭都能被烫成二度伤，真是……哎，伍凌呢？"秦依依终于想起了她亲爱的小保姆。

"缴费去了，马上回来。哎你不知道，多亏了他的急救常识，医生说很管用，否则后果更严重……"

"我有那么伟大吗，刚才谁还指责我来着？"还真是说谁谁到，伍凌拿着一摞单据，走进病房。

"医生咋说啊？"夏鲸问。

"有惊无险！但腿得修养几天，每天换药，不能碰水，否则会留疤。"伍凌答。

于是接下来的几天，就忙坏我们的小保姆伍凌了，又要买菜做饭，又要照顾烫伤病人秦依依，还得送她去医院换药。

就在秦依依腿伤好得差不多的时候，夏鲸接到一个重要电话，他的小说被签下影视改编，制作方邀请他担任编剧。

那晚在秦依依住所，他带来了这个好消息，继而也带来了坏消息：他来看秦依依的时间也没那么多了。

吃过晚饭，秦依依带夏鲸来到楼上她的房间。她说有东西要给他，说着便从柜子里捧出一只礼物盒。

夏鲸打开盒子，只见里面是一条精致的蓝色领带，细细的，一如七年前她的品位。

"这条领带送给你，我觉得很适合你。"秦依依说道。

夏鲸失控，一把抱住了秦依依。

"你都想起来了是吗？"

秦依依一惊，尴尬地摇摇头。她不会知道，她刚才说的那句话，和七年前的一模一样。而更重要的是，送出的领带款式也几乎是一模一样的，蓝色，细长！

而她也不打算告诉夏鲸，之所以送这条领带，是因为那天在咖啡厅"地图约会"的时候，当她给夏鲸戴上领带的那一瞬，自己的心居然跳得飞快。她不知道七年前的自己是否也是这样，但她唯一能肯定的是，眼前这个人，她是爱过的。

夏鲸依旧抱着秦依依，头埋进她的脖子。六年前他们分手的时候，他也是这样，紧紧抱着她不愿松手。

其实夏鲸也没有变，一直以来他都是这样，越是拥有着的时候，就越是肆无忌惮，撒娇卖萌，以为这个人永远都属于他不会走。而一旦觉得握不住了，他就会变成一个孩子一般的人，紧紧抓住，不肯松手。当年如此，现在更是如此。

而他此刻不肯直视的，是这条一模一样的领带，这条他最喜欢的礼物，他人生中的第一条领带，初恋送的，只要学校有活动，他就戴着它。但也正是因为它，他们的爱情终结了。

那是一次联谊会，夏鲸所在的文学社发起的，他作为副社长自然要出席，而秦依依那天有事没有陪夏鲸一块儿去。联谊会那晚，有个穿红裙的女生频频对夏鲸示好，活动结束后，大家提议去喝酒，他被社长吆喝着一块儿去了。不胜酒力的他没喝几杯就倒了。等他再次醒来，自己一个人躺在酒店里，他喝得断片，记不得自己是怎么到酒店里来的了。

也许是社长送过来的，他这样想。

当秦依依提出分手的时候，他完全懵了。秦依依咬着牙，从包里拿出那条领带。

原来，那晚对他示好的红裙女生第二天找到了秦依依，说自己才是夏鲸的女朋友，他们昨夜一起在酒店里。秦依依起初并不相信，直到红裙女生拿出这条领带来。

再多的解释都已经苍白无用，夏鲸失声痛哭，紧紧抱住秦依依不放手。

"我们再无可能了。"秦依依最后说道。

思绪拉回现在，他依旧抱着她，只是再无当年情。其实后来真相大白过，那个红裙女生并没有和夏鲸发生实质性的关系，因为夏鲸已喝得不省人事，根本无心也无力做任何事情。但夏鲸并没有去找秦依依，他选择了……遗忘。

　　时间是个残忍的屠夫，将所有的爱恋宰割，继而吞食，只剩残渣。只是人们都喜欢肥美的佳肴，无人会想回头品尝残渣。

　　夏鲸知道，或许这只是根导火索，两人若真情比金坚，一定不会这样轻易就放弃。他不知道是他变了，还是她变了。

　　而感情之中，只要有任何一方变了，那么一切都变了。

　　这么多年来，他们互不联系，互不相扰，各自有了新的生活。他和她，他们，确实再无可能了。如若不是秦依依失忆，他们可能一直就这样了。

　　"那个，恭喜、恭喜你，未来的大编剧。"秦依依打破了尴尬的静谧。

　　夏鲸也终于回到现实，他缓缓松开秦依依，微笑："没有你也没有我，你是我的幸运女神，从前是，现在更是！"

　　秦依依红了脸，夏鲸突然情不自禁，歪着头凑上去亲吻了秦依依。当唇碰到一起的时候，仅仅温存了两秒钟，夏鲸就将他们分开了。

　　两秒钟，比一秒多一点，比深情少一点。他必须要在再次情动之前，掐断它，只为心底坚守的一个秘密——他和他的秦依依，不能再在一起！

　　"我要走了。"夏鲸说，像是要从此漫长告别。

　　"我们还会再见面吗？"秦依依微笑，她知道夏鲸可能再也不会来了。就像至尊宝吻了紫霞之后，其实剧情应该是彻底分手。

　　"我会祝福你和属于你的幸福，早日团圆。"夏鲸也笑。

　　"我想我不会再忘记你。"

　　夏鲸点点头："我们还会见面的。"

送走夏鲸后，秦依依疲惫地躺在床上，她想，刚才到底是情不自禁了。可所谓情不自禁，究竟是情不自禁，还是情不自"鲸"？

或许是"秦"不自"鲸"吧！她等的那个人，并不是鲸。

"秦" 况有变

郑梧又带着芊芊和秦依依出游了好几回。芊芊对秦依依越来越依赖，有一次甚至叫秦依依"妈妈"。

秦依依乐了，哈哈哈地笑着。可伍凌听了却觉得有些不适。

郑梧在一旁时刻抓拍着她们，没多久，秦依依的家里，除了自己的个人写真，就全是她和芊芊的生活照了。郑梧每次见面，都会先送给秦依依一盒洗好的照片。

那是一个极其平常的早晨，伍凌要去给车做保养，秦依依懒得出门，就在家里待着了。

伍凌出门前叮嘱她，不要一个人跑出去，有事电话联系，他很快就会回来。

"好啦，知道啦！你快去吧！"秦依依不耐烦。

伍凌出门后，秦依依坐在桌前，专心地写着日记。不一会儿，门铃响了。

秦依依以为伍凌忘带钥匙了，于是蹦跶着下楼去开门。没想到，站在门外的是郑梧和芊芊。

"依阿姨！"芊芊扑进秦依依怀里。

"哎呀我的芊芊宝贝，你怎么来了呀，这么一大早，没去上学呀？"

秦依依抱起芊芊。

芊芊看向郑梧。

郑梧于是说："芊芊让我和幼儿园请了假，她想和你一起……一起过六岁生日。"

"芊芊六岁了啊！我们的小寿星都六岁啦！"秦依依抱着芊芊往客厅走，郑梧去车里拿了蛋糕，跟着进来。

"伍兄没在？"郑梧没有看到伍凌。

"哦，他给车做保养去了，中午回来。"秦依依和芊芊逗玩着，答道。

"依阿姨，我想和你吹蜡烛许愿！"芊芊扑闪着一双大眼睛。

秦依依看见郑梧提着蛋糕，笑了："你们父女俩也真有趣啊，哪有人大白天吃生日蛋糕的！都是晚上吃呀！"

说完，她看到郑梧有些尴尬的表情以及芊芊委屈的脸，想到这是个没有妈妈照顾的孩子，于是心一软，说："但是呢，我们就是要与众不同，就是要大白天里吃生日蛋糕！"

芊芊欢快地鼓掌。

蜡烛点燃后，芊芊像模像样地闭上眼睛许愿，吹灭蜡烛。

"我们芊芊许了什么愿呀？"秦依依问道。

"我许，我想有个像你一样的妈妈。"

六岁孩童的一句无忌童言，令秦依依不知道该说什么了，她愣在那里。

"好啦芊芊，我们开始切蛋糕啦！"郑梧打破了尴尬。

吃过蛋糕，芊芊特意给伍凌留了一块，然后忽然问了秦依依一个问题。

"依阿姨，如果你要结婚的话，你是会选零叔叔，还是我爸爸呢？"

秦依依被问得措手不及，哪里还知道要怎么回答。郑梧连忙来打圆场。

"芊芊，结婚是大人的事情，是不可以告诉小朋友的哦！"

"那许愿也不能说出来的，我都说出来了，所以依阿姨也可以告诉我了呀。"芊芊的小心思还真多啊。

"呃，芊芊，嗯，这个问题阿姨还没有想过哎，等阿姨想好了，再告诉你，好吗？"秦依依温柔地摸了摸芊芊的头发。

芊芊点点头，提出要去海洋公园玩。秦依依建议下午再去，那时候伍凌也回来了，可以一块儿去。可芊芊不肯，说只请了半天假，下午还要回幼儿园排练春节晚会节目。

郑梧看了看手表，说："可以去的，现在才九点半，我们到了那儿顶多十点，玩一个小时，赶在中午前，把你们该送回幼儿园的送幼儿园，该送回家的送回家。"

秦依依拗不过他们，想着回到家没准儿伍凌还没回来。于是她换了衣服，拿了手机和包，出门了。

车开到一半，秦依依才发现手机昨晚忘记充电了，此刻一点电也没有。

郑梧说没事，一会儿他会给伍凌去个电话说一声的。

到了海洋公园，芊芊很兴奋，拉着秦依依欢快地看着各种各样的海洋生物。郑梧跟在她们身边，时而拍照，时而给芊芊讲解海洋知识。

海洋馆里有个项目是真人潜水，芊芊跃跃欲试。刚好项目的规定也是"六岁以上儿童可在教练的陪同下进行浮潜"，芊芊就更开心了，她刚好满六岁。

郑梧本身就是户外运动爱好者，曾潜水拍过无数海底照片，所以这种室内小型潜水项目，对他而言，简直就是小儿科了。见女儿如此有胆量，他当然要大力支持了。

潜水项目只有十分钟，时间上不会耽误太多，但现在有一个问题是——秦依依。

郑梧不放心把秦依依一个人丢在外面，而自己和女儿去潜水。于是大家想了个折中的办法：三个人一同下水！

秦依依起初是拒绝的，因为她没有玩过潜水，又或者是玩过不记得了，总之是一点经验也没有，她有点不敢。郑梧给她打气，芊芊在一旁撒娇，就这样，秦依依被这父女俩"拖下了水"。

穿上潜水服后，秦依依有些紧张，郑梧给她和芊芊传授潜水经验，安慰她们不用紧张，水并不深。

本来还会有一名潜水教练陪同下水的，但郑梧觉得没有必要，以这样的水深、潜水时长以及他的经验，完全不用教练。不然到了水下，教练指手画脚的，一点儿也不自由。

他有信心，可以保护好她们。他给芊芊选的，也是深潜，但只潜到水下5米。

郑梧一手牵着芊芊，一手拉着秦依依。那一刻，他感觉自己很幸福。

下到水下，有各色的鱼和植物。郑梧转头看了看芊芊，芊芊对他点头做了个"OK"的手势，他放心地点头回应，继而看向秦依依。

秦依依还是有些紧张，身体也有些抵触。郑梧拉了拉她的手，示意她放轻松。

忽然，秦依依在氧气面罩里连打几个喷嚏，直觉告诉她，倒霉体质就要发酵。可她没法告知郑梧，只得松开了郑梧的手，想快些浮上水面。

郑梧被她猛地挣脱了手，想要拉住她，可是自己还牵着芊芊，不敢有大动作。他不解地看着往上游的秦依依，忽然眼神变得担忧。

秦依依的身后，一大群海鱼游了过来，本来这在海底是很常见的，但没有潜过水的秦依依，则可能会遇上麻烦。

果然，五颜六色的鱼群围住了秦依依，她被困在鱼群中乱了阵脚，挣扎的时候抓到了氧气管。

氧气管，松了。郑梧一手抱着芊芊，一手托着秦依依，快速上升。

到了水面，秦依依已经因缺氧而昏迷不醒了。工作人员做了急救措施，但她依然没有醒来。此时只能送往医院。

伍凌带着一身怒气赶来。他刚到家，没见秦依依，只看到了桌子上的蛋糕和一枚小女孩的发夹，他就知道，秦依依一定是和郑梧父女出去了。秦的手机打不通，他只好打给郑梧，可一直没人接。过了一会儿，接到郑梧的电话，没想到听到的消息是——秦依依出事了！

到了医院，秦依依还在昏迷，郑梧抱着眼睛哭得红红的芊芊，一脸抱歉地看着伍凌。

"你先送女儿回家，这儿我看着。"伍凌说。

"嗯，我把芊芊送回幼儿园就来！"郑梧起身，抱着芊芊走出去。

伍凌走到秦依依病床前，看着脸色发白的她，一脸懊恼。

你这个笨女人！让你好好待在家里，我就出去了一下子，就一下子……

医生来到病房。

"从目前的情况来看，不太乐观，病人大脑受损，这种情况应该也不是一两次了，现在可能和上次一样，不知道什么时候醒来，你要有心理准备。"

"冷医生，你再想想办法！上次都是您治好的，这次一定也要让她醒来啊！"

"我尽力，但你也要做好准备，她醒来可能会再次忘记所有事情。"

"只要她能醒来，其他都不重要。冷医生，拜托了！"

郑梧再次赶来的时候，给伍凌带了便当。伍凌深吸一口气，但还是没忍住，他揪住郑梧的衣领，拳头挥了上去。

半个小时后，两人因斗殴被带到医院警务室。在问及斗殴原因的时候，伍凌忽然失声痛哭。他捂着脸，情绪崩溃。眼泪从这个大男人指缝中流出来，他难以自抑地抽搐。

警务室的人也不再问下去了，放他们出去了。

刚走出门外，伍凌就顺着墙根滑了下去，蹲在地上，神情绝望。他不知道接下来秦依依会怎么样，倘若真有怎么样，他又该将如何面对？

"对不起，我破坏了'一一复苏'计划。"郑梧低下头。

伍凌不作声，他此刻已失声。

"可你不能就这样一蹶不振啊！小侬是在昏迷，可不代表她一定会有事！你都不振作，接下来要怎么办？"郑梧情绪激动。

"你不懂，"伍凌一脸颓废，"你不懂，那介于夜以继日的恐惧与万念俱灰的死心之间的担忧，是怎样一种感受。"

"我不懂，那你就要放弃了吗？！"

"不，我只是，只是心疼她……"

新年的第一天，秦侬侬忽然醒了过来，毫无征兆地。医生过来给她检查过后，说心率已恢复正常。

伍凌走过去，秦侬侬睁着眼睛看他。

"你还记得我吗？"伍凌问。

"别说话，如果很累的话，点头或者摇头就可以了。"伍凌补了一句。

秦侬侬点点头。伍凌露出久违的笑容。

"现在……现在是什么时候？"秦侬侬问。

"现在是新年的第一天，"伍凌微笑。

"你……你没有回家过年吗？"

就这一句话，又将伍凌打回现实。

现实是，秦侬侬记得伍凌，但只记得保姆身份的伍凌。

出院后，秦侬侬在家休养，伍凌仍是她的保姆。

可是，接二连三的离奇事件发生了。

一个又一个的陌生男人前来探望她，而她似乎一个也不认识。更要命的是，这些男人还都是她的前男友！

他们每隔几天过来一个，像密谋好的周密计划，没有任何一连几日的缺档，也没有两个相撞的碰巧。一切就像被提前安排好的行程，前男友们络绎不绝，而她，隔岸观火。

本以为事关自己，应是身临其境的感受才对，可她并没有自己预想中的那样兴奋。她由最初的疑惑，到后来的冷漠，都不是没有道理的。她——要自保！

这世界有什么可以相信，有什么是真相？这么多男人，都曾爱过我，到头来还不是分开成了过往。而在不明就里的时候，冷漠，或许是最好的方式。

她看着他们一个个地前来，有的面带笑容，有的眼神关切。他们从不自我介绍，来了就开始例行公事一般的讲述。

秦依依本来很讨厌这样的举动，可他们每一个都这样，烦也烦不过来。她曾告诉伍凌，不要再给这些男人开门了，得到的回复是一种奇怪的眼神。

"你没事吧，不是一直都好好的吗？"

说实话，她最讨厌的一句话，也是"你没事吧"。

每到这个时候，她就没好气地回一句："我没事，谢谢！"

前男友们还在以可怕的数量叠加着，弄得秦依依快要晕眩。他们讲着曾经在一起的故事，对她而言还真的就是故事，因为她一点感觉也没有。

对这陌生的、只出现一次又消失的前男友们，能抱有什么感觉呢？

没有。

自出院她便对自己的身体状况报以担忧，虽然主治医生冷医生已宣布她可以回家，但她总有点信心不足。

然而，有一件事还是值得庆幸的，那就是，她的保姆伍凌并没有因此而辞职离开。

这真是一个称职的好保姆。她常会这样想。

她曾试探着问过伍凌这个问题，小心翼翼地，她问："我到底有几个前男友啊？"

然而没有答案，她只能望洋兴叹，找不到对岸。

而她也开始认认真真地记日记，记这每天发生的事情。但她耐心有限，并不愿写太多，往往一天发生的事情，一面纸足矣，有时还写不满。

　　日子一天天过去，时间像落叶一般翩飞，门前集满了枯叶，也来回着无数的脚步。他们一个个就是这枯叶，在她生命里打了个转儿，就离开。而她，却要守着孱弱的记忆和单薄的回忆，去度过余下的一生。

　　他们被一页页地写进她的日记，充实着她的生命。

第三章　最优质的男朋友

余生都是你，余生请指教。

·我不是 007

·A 计划之"一一复苏"计划

我不是007

伍凌安顿好秦依依，回到自己的房间。望着窗外昏黄的路灯，他不禁思绪连篇。没人知道他在过去的这一年里，有着怎样的不辞辛苦。

依他而言，故事的开始，应该是这样的，那大概是，三年前的事了。

第三次创业失败身无分文的伍凌走投无路，正准备开启悲催的租房生活。

若是单纯的租房也就罢了，可悲就悲在，他还没有钱交房租。

为了避免不睡大街，伍凌在网上发了个"求合租"的帖子，并表示自己除了是租客，还愿意承担家中所有的家务，但前提是得免去他第一个月的房租。

当天下午，他接到一个陌生电话，是个女声，让他来"面试"。他以为是骗子，加之心情不好，骂了句："老子没投过简历，骗子你死远点好吗！"

挂了电话，没想到又打来了。

想浪费电话费是吧，好，哥成全你！于是再次接通。

"第一我不是骗子，第二老娘已举报，第三你才去死！"

还是刚才那个女声，哗啦啦就来了三掌，令他有点晕。没多久，伍凌的手机提示音响起，他点开一看：糟糕！自己刚才发的求租帖因用户举报为虚假信息而被管理员删掉了！

这谁他吃多了没事举报我啊！等等，举报？面试？

他瞬间明白了，继而拨回了刚才那个电话，先涎着脸地道了歉，接着又死缠烂打要去面试。为了生存，面子这件事早已不是事儿。

就这样，他和秦依依的第一次见面，开始了。

"面试"地点是一处山腰上的小别墅，一看就是有钱的主。伍凌的肚子饿得直叫唤，他摁响了门铃。

出现在门口的是一个一身职业装打扮的妙龄女郎，还踩着高跟鞋，气势凌人地看着他。他就纳闷了，这女的，在家里也穿高跟鞋，不累吗？

"你就是那个'007'吧？"

"不好意思小姐，是'005'，不是'007'。"

伍凌在网上发帖的用户名是005，反过来就是伍凌嘛。

"都差不多，我就问是不是你？"

"是我！小姐你好！我是你的新租客，伍凌！"

"好像还没通过面试吧？"

"请一定让我通过啊！我可是个宝！"

"怎么说？"对方饶有兴趣地看着他。

"第一，我是中国一等好公民，具有中华民族一系列优良传统美德；第二，我性格好，包容心特强，你在家里干什么我都不会干扰你的；第三，我会煮饭洗衣拖地各种家务活，看小姐这身打扮一定是忙碌的上班族对吧，那找我就最合适了，你可以放心去上班，家里有我呢！"

想到刚才被她击了三掌，怎么着都得反击回来啊！

"你还挺幽默的啊，行吧，我也没时间和你多说了，我要出去了。你把身份证复印件给我一份，我一会儿去了公司，查查你的底。"

"你可真直接啊……"

"那是，我最讨厌绕弯子了。你进来吧，一楼那间带洗手间和阳台的房间，就是你的。对了，以后可以穿得酷一点，听说这一带最近有盗贼出入，你这副身板，穿上风衣，戴上墨镜，就十分像保镖了。"

"小姐说的是，我下次见你的时候，一定这样打扮。"所以三年后伍凌再见到秦依依，就是按照这副"酷"打扮来的。

情深的一种表现就是，记住很久以前的她。

当然，这些都是后话。三年前的伍凌，还没有那么酷。

"行，这是钥匙，这是我电话号码，存好了，我六点半前到家，冰箱里有菜。对了，我叫秦依依，合租愉快！"

"合租愉快！等等……你就这么放心我啊？"

"有啥不放心的，家里装了摄像头的，您自便。"

"够意思……那个啥，厕所什么的没装吧？"

"只装了客厅和我的房间，放心，姑娘我对别人的隐私没有兴趣，谢谢。"那个叫秦依依的姑娘，就这样收留了伍凌。

住下来后，伍凌一面将房子收拾得井然有序，一面在网上寻求新的项目。他之前是和人合伙做电商的，结果不是被合伙人卷跑了资金，就是碰了冷门，产品卖不出去。

回想起自己卖过的东西，那可是如数家珍，什么古代兵器啊、古玩啊、绝版书啊……总之，都不是热门的东西。

秦依依了解之后，奉劝他往女性行业发展，因为这个群体是最庞大的消费人群。接着，她提议可以做轻奢网站，面向广大女性消费群体。

伍凌见她说得头头是道，于是也展开了调研。他发现，女性消费以化妆护肤为一大头，况且在那时国内确实还没有一家正规的化妆品电商，做下去，只要口碑和产品好，出头指日可待。

说干就干！伍凌的轻奢网站很快就搭建起来了。有着丰富失败经验的他，竟然成功运作了一个以女性妆品为主的轻奢网站。那段时间，伍凌可谓是废寝忘食，常常工作到深夜。为了验明货品的真实性，伍凌每次都要先自己试用，再同意卖家进驻。所以家里的瓶瓶罐罐都是常有的事，每一批货品，他几乎都要亲自试一遍。这个习惯，他一直保留着。同时，他还会送给秦依依和她的明星表妹苏珊不少。

提起苏珊，伍凌就感激不尽。网站创立初期，正是因为苏珊免费帮他代言了广告，才收获了第一批种子用户。虽然那时她还是个刚出道不久的小演员，但总归是有自己的粉丝和小小名气的。

此外，为了配合电商网站粉红色的页面，伍凌更是将房间也布置成了一个颜色，铺粉色被单，挂粉色窗帘，贴粉色墙纸，只为每天都在女性思维里思考她们到底需要什么。

为了事业，伍凌也是蛮拼的。当然，这也离不开他的房东秦依依的支持。

秦依依这姑娘很洒脱，看人也很准，相处几天便已得知伍凌的为人。于是家里任由他堆放化妆品试用品，只要在韩慕来之前收拾整齐就好。

韩慕，秦依依的上司，也是秦依依口中的男朋友，是个常年豪车出入司机接送的富豪，有时会来看望他的女友秦依依，但他从不在这里过夜。伍凌很不看好他，觉得他对秦依依并没有那么真。

可秦依依不那样想啊，她一如所有恋爱中的女人一样，陷得很深。况且韩慕又是那种城府极深、极懂女人心思的人，这种男人，往往令年轻姑娘毫无抵抗能力。果不其然，没多久，她就遭受了致命一击。

事实上，韩慕已经结婚，可他对秦依依隐瞒了这一实情，同时隐瞒的，还有他作为"上门女婿"进入这家家族企业的事实。就在秦依依准备嫁给他的时候，他的妻子突然从国外回来，光临公司，并当众羞辱了秦依依，骂她是拆散家庭的小三。同时，秦依依也得知了另一个事实——韩慕原来是这个家族企业的上门女婿，公司是女方家里开的，而他，只不过是这个家族企业的攀附者而已，并不是他自称的"掌权者"。

秦依依看着百口莫辩的韩慕，羞愤难当地冲出了公司。

那一刻，所有的骄傲都一落千丈。

所有的自尊都践踏成粉末。

所有的深情也都化为虚无。

秦依依在恼羞中离开，精神恍惚的她跌跌撞撞地走着，不知不觉走到一个项目现场，那是她和韩慕一起主导过的项目。那里正在施工，没戴安全帽的她，这时倒霉体质忽然发酵，这次是危险的，她被落下来的石块砸中头部，倒地昏迷，送入医院抢救的时候已不省人事。

那是她受伤最严重的一次，打那以后，秦依依的记性就一直不怎么好了。

出院后的秦依依由伍凌照顾着，苏珊也会常来看她。伍凌记得那两年是他们最快乐的时光，秦依依辞去了韩慕公司的工作，并与韩慕一刀两断。她加入伍凌的电商网站中来，和伍凌一起打理。以秦依依的智慧和头脑，很快，网站的业绩突飞猛进。与此同时，秦依依与伍凌之间的感觉，也突飞猛进地巨变着。

终于，在一个花好月圆的时刻，秦依依忍不住问道："你为什么要对我那么好啊？"

"呃……难道你不知道吗？"

"我不知道，我要你说。"

"我不说，你明明心里清楚。"

"那你是不是该有所明示啊！"

真是耿直姑娘啊！

伍凌走过来，眼里充满挑衅："你想要什么明示？"

"我……"

可怜的秦依依，话还没说完，就被伍凌圈住，不由分说地吻了下去。秦依依一阵惊慌，这是她和他的第一次接吻，她还没有准备。

"把眼睛闭上。"他轻轻说道，但并不放过她的唇，声音从他们的唇齿间传来，他贪婪地吮吸着。

秦依依慌忙闭上眼睛。不知道为什么，他吻过来的时候，她竟然不敢躲闪，或者说是，不想躲闪。

沉浸在他的温热体温中，她忽然觉得，这种感觉，将足以令她的余生都充满温暖。

余生太漫长，余生请指教。

成为伍凌的女朋友后，两人的日常就是秀恩爱了。走到哪都是一脸官配相，连苏珊都直接改口叫伍凌"姐夫"了。

在一起的两年，他们感情十分好，秦依依果敢，伍凌睿智，两人彼此欣赏，配合默契，总有说不完的话和乐不完的事。

伍凌爱秦依依几乎到了忘我的程度，秦依依常戏称他是"最优质的男朋友"。毫无任何背景的他不仅事业上小有成就，生活上也是体贴周到，对她宠爱有加。

网站做到一定规模后，他们开了公司，招聘了专业人才来管理和运作，而他俩的时间则自由了许多，许多事务用电脑处理即可。

事实上，那个时候，伍凌已经有相当丰厚的资产了。他创立化妆品网站的时候正赶上互联网大潮，那是一个"只要站在风口，猪也会飞起来"的绝佳时刻。

他置办了更大的房产，但秦依依住惯了这里，伍凌也对这座房子有了感情，于是两个人都没有搬走，继续住在这栋小别墅里。

把公司交给专人打理后，伍凌和秦依依过着神仙眷侣般的生活，不出意外的话，他们大概已经结婚了。

秦依依自小携带容易受伤的倒霉体质，不定时不定性发作，每次发作前毫无征兆。但这个倒霉的体质还有一个神奇的功能，那就是，每次发酵前，都会先让她连打四个喷嚏。这四个喷嚏就好像在宣告："倒霉来了！"

而另一方面，随着受伤程度的加深，她的记性也变得越来越差，终于在一个漆黑的夜晚，她下楼去厨房喝水，倒霉体质忽然发酵，她被一个不明物体绊倒，头部再次受伤。

而令伍凌始料未及的是，这一次乌龙的倒霉，竟然是秦依依倒霉史上最严重的一次，破坏力史无前例——它令秦依依忘掉了所有的事情，包括她爱的伍凌。

A 计划之"一一复苏"

计划所有的过去都被推翻。

秦依依在医院醒来的时候，她的情绪非常不稳定，面对陌生的世界，她很失控，排斥外界的一切人和事物，包括伍凌。医生给她打了镇静剂，检查了她的头部，告诉伍凌，秦依依很有可能，已经失去了记忆。

那是伍凌最煎熬的日子，他承受着被心爱的女友忘掉的苦楚，还要承认这一可怕的事实。医生说，秦依依的记忆，可能暂时封死了，但也不排除会有恢复的那一天，可以多找些熟人和她接触，帮助她恢复记忆，但方法一定不要过激。

伍凌不希望他的依依接下来的日子都在疗养院度过，他想让秦依依记起更多的事情来，可是自己只认识她两年，秦依依唯一的亲人苏珊也才回国三年，之前她们并没有接触过。

经过一番思想斗争，伍凌做了一个铤而走险的决定。他找来秦依依的前男友们，让他们重演过去，帮助秦依依找到过去的影子。他称这项计划为"一一复苏计划"。

如果一个男人，在你心里已经没有他了的时候，仍对你不离不弃，还不介意你的前任们依次出现，这个男人要么是智障，要么就是爱你爱到疯掉。

早前他通过秦依依书柜里的那堆情书，知道了夏鲸。于是他联系到已是青年作家的夏鲸（笔名夏有惊）。夏鲸起初并不答应伍凌的请求，原因是他已经有新的生活了，不想再面对过去的人和事。但他很想得到自己学生时代写给秦依依的情书，因为他深知那极具出版价值。伍凌提出交换条件，只要他肯帮忙，就将情书归还，夏鲸为了得到情书，遂答应了伍凌。此后情书迅速出版，这本书带来近两年来图书史上的一次热销，夏鲸也一跃成为当下炙手可热的畅销书作家。

　　韩慕在秦依依昏迷期间来看过她几次，他在那个时候就表态很想为秦依依做点什么，毕竟直接导致她受伤的人是自己，他很后悔，想弥补自己犯下的过错。

　　郑梧则是后来偶然间通过苏珊和秦依依的照片认出秦依依的，他联系了苏珊，苏珊告诉了伍凌，伍凌便邀请他临时加入"一一复苏计划"并安排他们见面。

　　至于自己，伍凌征得医生同意，将吃了镇静剂熟睡的秦依依带回家安置好，并于她醒来的那天以保姆的身份重新进入她的生活。一来可以缓解她的恐惧，让她在自己的房间里醒来，不那么生硬地让她接受自己；二来他可以照顾秦依依的日常起居，并以不突兀的方式逐渐让秦依依接受；三来可以通过朝夕相处帮她想起这两年的事情来。

　　医生给了伍凌一小瓶药，嘱咐如果秦依依醒来，要持续服药半个月，以防她再度失控。

　　秦依依醒来的那个早晨，伍凌正在楼下，他看到了监控画面里的情况。这个监控，还是秦依依几年前自己装上去防盗用的。本来和伍凌在一起以后，这个监控就处于作废状态。但这两天为了方便照顾昏迷的秦依依，伍凌把监控画面安在了客厅和厨房之间，这样自己在楼下做饭或者收拾房子的时候，也能看到她的情况。

伍凌从监控里看到秦依依苏醒过来，喜极而泣，继而立刻关掉监控，闪身出门。他依次通知苏珊、主治医师以及手下的一个员工（冒充家政公司），自此，周密的计划开始了。

他原本只是想苏珊把秦依依骗出去一个小时，这样他才有时间清理掉他在这座房子里的所有物品。没想到苏珊因为忘吃避孕药而真的需要秦依依帮忙，因为她这几晚都是在秦依依这里和伍凌一起照顾秦依依的。

于是误打误撞因为这件事情引出了郑梧。这样刚好，又多了一个故人。在伍凌看来，人越多越有帮助。

收拾完家里的东西之后，伍凌去公司待了会儿，之后便换上风衣，戴上墨镜，按照秦依依三年前对他的期望初见情景，再次回到秦依依的门前。

正如他所预想的那样，秦依依裹着披肩就真空上阵了。在介绍完自己是新来的保姆后，看着她错愕的表情以及拉披肩遮胸的小动作，他在心底偷笑了一把。

我的姑娘啊，你可能不知道，在你还不认识我的时候，我就已经爱上你了！

进门后，他忍不住从包里拿出早上去公司带回来准备试用的新品，出于职业使然，他仍保留着试用新品的习惯。而秦依依似乎对这一堆瓶瓶罐罐十分费解，所以伍凌就顺便逗了她一下。

也算欢喜。

可接下来，就出现了反转。

他在洗澡的时候被秦依依误以为是小偷，结果这妞居然扛了把擀面杖就进来捉贼了，真是太不令人省心了。

伍凌被她的破门而入吓了一跳，心想你看就看了吧，反正又不是没看过，但你打喷嚏就不对了啊！毕竟一起住过两三年，你的倒霉体质我可是历历在目。

果然，他倒霉地摔了一跤，还差点用浴巾把自己缠死。

再到后来，刚睡醒的他看到秦依依，恍惚间以为还是热恋期间，拉过女朋友准备滚个床单来着，结果，被打得很惨，还签了个哭笑不得的保姆守则。

真是糗事一箩筐啊！

再往后的事情，每一个前男友的出现，都在他的意料之中。

他们的每一次见面都是伍凌安排的。

郑梧，从最开始的登门造访，到后来的晨跑相遇。

可他没有料到，郑梧似乎对秦依依不只是儿时的伙伴之情，而且他还有个女儿。这个女儿又和秦依依很投缘，令伍凌一度为难。终于，最后还是在郑梧这里出事了。伍凌虽然知道郑梧不是有意的，但受伤的毕竟是自己深爱的女人，所以才在医院大打出手。

夏鲸和秦依依的见面也是伍凌设计的。得知他要开签售会，伍凌就部署好了一切，从假装收快递开始，到苏珊"不愿"陪同而只能由他伍凌来陪同，再到书店故意走散，秦依依被工作人员带到夏鲸面前。一切都是他设计的。

只是他没有想到，秦依依竟然在走散的时候会想起当年他曾对她说过的话，在原地一直傻傻地等。更没有想到的是，当他走近舞台时，看到的一幕竟然是夏鲸牵着秦依依。

他知道夏鲸心思并不在秦依依身上，这是一个视写作如命的人，他之所以这么做，其实是自私地想为这本情书做宣传，以获得更多的关注度和人气。果然，他做到了。

所以他责问过夏鲸，夏鲸并没有否认，但也向伍凌表明了心态——他夏鲸早已不爱秦依依，不可能再和她在一起。所以伍凌才进行计划的第二步——"地图约会"。

随着相处的深入，他和夏鲸也越来越投缘，两人还成了好朋友。他知道夏鲸之所以愿意不断来看秦依依，一方面是出于曾经毕竟相爱过，另一方面则还是为了他那永远第一优先的写作——从秦依依身上，夏鲸总能获取源源不断的灵感，写出动人的文字。

最后其实很险，夏鲸差点没克制住自己，差点重新爱上秦依依。好在他是个君子，在千钧的一刻想起他和伍凌的盟约：他只助攻，并不策反。于是夏鲸果断转身，离开。

至于韩慕，伍凌其实一直犹豫要不要他加入进来，但他想，还有苏珊在，韩慕应该也使不出什么坏招来。可人算不如天算，苏珊居然在韩慕出现了一次之后，接到了远在外地的古装戏，要禁闭五个月。

苏珊当时是有询问过伍凌的意见的，她说，为了表姐，她是可以推掉这个剧的。但伍凌觉得不能太自私，这段时间苏珊已经牺牲掉很多时间来照顾秦依依了，况且他深知她熬了这么多年，都是在等一个好角色。

于是他让苏珊安心演戏，自己应付得过来。

其实在得知韩慕新开的公司早已换掉了所有的员工的时候，伍凌就应当有所警觉的。事情不可能那么简单的。但他还是大意了。

韩慕的奸诈，令伍凌险些大意失荆州。韩慕使出阴招想试探秦依依是否真的忘记了所有事情，包括他的瞒婚和对她的伤害。好在他急于求成，而秦依依还存有一番睿智，韩慕很快战败，伍凌总算舒了口气。

我设计了夏鲸的出现，却没有想到他的粉丝如此偏激害她受伤。
我安排了郑梧的出场，却没有料到他会擅自带她去潜水。
我接受了韩慕的重现，却没有提防他会设计险些害了她。

伍凌回顾着这些历历在目的事情，只希望新的一年，秦依依能安然无恙，他便心满意足。

第四章　第100个男友

我已不记得你是生命中的第几个出现。但是时间记得，就好。

- 苏珊你可算回来了
- B 计划之"第 100 个男友"计划
- 亲子鉴定：结了个果
- 求婚事故
- 相逢的总会相逢

苏珊你可算回来了

苏珊回来的时候春暖花开。她坐了三个小时的汽车，一个小时的飞机，两个小时的机场大巴，才回到小城，据说已经快死了。

但她回来的第一件事还是去找她的表姐秦依依。

时隔五月未见，苏珊因拍戏消瘦了不少，但似乎愈发精神了。她滔滔不绝地讲着拍戏的种种趣事以及各种明星八卦。

"你们知道吗，那个谁谁谁，他居然怕鬼！他可是打星哎！有场戏是在竹林里拍的，大晚上，他居然被音效吓哭了！哈哈哈哈！"

"还有那个，天王哎，居然尿频！隔十几分钟就必须让导演喊停然后急匆匆去方便！"

"那个谁，外表冷淡，没想到居然是深藏不露的段子手，每天都能让我们笑出一身汗！"

"还有我们冯导，居然超级怕老婆，每天要打十几个电话给老婆汇报行踪……"

苏珊越讲越激动，一点儿也不像一个"坐了三个小时汽车、一个小时飞机、两个小时机场大巴"的人。

"苏珊，你确定你是去拍戏了？"伍凌忍不住戳她。

"当然了！你们不知道，剧组在深山老林，又没有通信设备，我们在那儿除了拍戏，只能自娱自乐了啊！拍戏当然是重点，但不能讲啊，讲了就没有什么意思啦，你们等着黄金档吧！"

"哟，看来我要提前祝你收视长虹啦！"伍凌说的绝对是真心话。

"谢谢姐夫！"苏珊抱拳，可刚说完就被伍凌打断了。

"这么看得起我啊？"

苏珊意识到自己说错了话，看了看在一旁发愣的表姐，机智地说道："没办法，谁叫你们一脸官配。"

"什么是官配？"秦依依，终于开口说话了。似乎打苏珊进门到现在，她就没说得上话。语速惊人的苏珊令秦依依有些懵。

苏珊这才想起还有一个表姐。

她连忙堆起满脸的笑容回答她那被冷落的表姐："官配啊，官配就是官方配对啦，比如我们拍戏，会有设定好的男主角和女主角，这两个人最后一定要在一起的！"

苏珊对自己的解释似乎十分满意，伍凌也给了她一个全五星好评的眼神。

但不会聊天的秦依依再次出现了："那如果男的死了，或者女的不爱男的怎么办？"

这一下轮到苏珊和伍凌懵逼了。

苏珊靠近伍凌，小声问道："她没事吧？打进门我就发现她不对劲！"

"你没在的这几个月里，发生太多事了，你不懂。"伍凌小声说。

"她不会又忘记我了吧？"

"应该不至于，不信你试探一下。"伍凌怂恿。

"姐夫，总叫我做第一个吃螃蟹的人，不好吧？"

好像上一回秦依依完全失忆后，醒来的第一个电话，也是苏珊打的。准确来说，是伍凌让苏珊打的。

"今晚有大闸蟹吃，最大的两只归你。"伍凌神神秘秘地说。

"成交！"苏珊做了个 OK 的手势，继而坐到正在专心剥柚子的表姐旁边。

"那个，表姐，你猜我们有多久没见啦？"

"五个月啊。"

"啊，你记得这么清楚啊！"苏珊非常激动。

"你刚才进门的时候不就说了吗，五个月未见……"秦依依还真是耿直，立刻让苏珊泄了气。

"表姐，不带你这样玩我的啊！"

"我是你姐，怎么会玩你呢？"

苏珊看向伍凌，带着哭腔："怎么画风这么不对，我不玩了……"

"哈哈哈哈！"秦依依和伍凌一起笑了。

"原来你俩合起来逗我玩呢！"苏珊气鼓鼓的。

吃罢晚饭，苏珊就和秦依依钻进了二楼的卧室。许久未见，姐妹俩实在有太多的话要说了。

"你先说。"秦依依看到跃跃欲试的苏珊，大度地说。

"谢表姐成全！"于是苏珊又开启了疯狂开说模式，不眠不休地说了两个多小时。

"所以你们剧组的男三号和男一号的女朋友的双胞胎妹妹好上了？"秦依依打着哈欠。

"是啊！你说以后多尴尬啊！那俩女朋友简直长得一模一样，回头男三要是被狗仔拍到了，人家还以为男一的女朋友给他戴了有颜色的帽子呢！"

"那你有没有什么状况？"秦依依问道。

"没有！我很讨厌绯闻的！拒绝绯闻，是我人生的座右铭！"苏珊信誓旦旦。

"表姐你呢？还有没有很倒霉？"

"我啊，倒霉啊，这个估计是改不了了。"秦依依嘟起嘴。

"我想跟你说一件事情，一件很奇怪的事情。"秦依依忽然转了话题，苏珊连忙正襟危坐。

"我这段时间一直在约会……"

"约会很正常啊，你也差不多要嫁人了。"苏珊知道这是伍凌的计划，但故意装作不知道。

"但问题是，我是和各种不同的男人，他们还都是我前男友……"

"人生苦短，有那么几个前任很正常的啦！表姐，不要太往心里去啦！"苏珊拍拍她。

"可是，如果有九十多个，会不会很不正常啊？"

苏珊一口老血差点吐出来。

"九十多个?！你确定?"

"嗯，我今天还重新数了一遍，在我的本子上，记录了一共 99 个前男友……你不要惊讶，我就是想知道，这是个什么概念?"秦依依望着苏珊。

苏珊倒吸一口凉气，苦苦思量了一下措辞，然后语重心长地说："表姐，你知道我是个演员，一个优秀的女演员，和四大天王、四大小天王都演过对手戏，这么说吧，这几年从影以来，演过我男朋友的男人都没这么多……"

……

"表姐，从今天起，你就是我心中的女中豪杰！"

……

"不过? 这么多前男友，你到底爱哪一个啊?"

……

B 计划之"第 100 个男友"计划

第二天一早，苏珊就被电话吵醒，然后火急火燎地梳洗完毕，再火急火燎地冲下楼去。

路过正起床做早餐的伍凌。

"你不要说话！我不吃早餐！没时间了！你听我说，出大事了！表姐竟然谈过 99 个前男友！千真万确！而且她不知道最喜欢哪一个！你别再捣鼓你那破计划了快上吧！再不上你老婆就跟别人跑啦！"

苏珊说完就打开门冲了出去。伍凌一头雾水，愣了两秒钟之后也冲到门口，对正在发动跑车的苏珊说："那你要去做什么啊这么急？"

"我被选上女一号了！太惊悚了！简直就是一场事故！所以我得去事故现场了姐夫！你加油啊！"

"嗯，祝你好运……"

望着呼啸而走的苏珊，伍凌觉得自己才是受到了极大的惊悚。

99 个前男友?

伍凌在和煦的微风下，打了个寒战。

秦依依也下楼了，想必也是被苏珊吵醒的。

"拼了这么多年，终于能当女主角了，真不容易啊！"伍凌没话找话说。

秦依依懒洋洋地歪在沙发上，似乎没有睡醒。

伍凌在厨房忙活着早餐，不时地看一眼秦依依。早餐做好后，秦依依竟然睡着了。

不用猜也知道，昨晚肯定又开卧谈会了，而且开到很晚！

伍凌坐在餐桌前，看着早餐散发出的腾腾热气，忽然就有了一项决定。

他想，是时候重新开始了！

是时候向秦依依表明心迹了！

是时候启动"B计划"了！

——你不是有99个前男友吗，没关系，我可以做你的"第100个男友"啊！

就在伍凌决定亲自出马追回他的女主角的时候，事情又发生了反转——韩慕忽然策反了！

事情一下子变得棘手起来。

其实这三个多月，韩慕还是有来探望过秦依依的，而且非常诚恳地向伍凌道了歉。他说之前是自己不对，对很多事情都抱有戒备，但他也有自己的苦衷，只是希望能偶尔再来看看秦依依。

"对于一个失忆之人，我是不会再用任何手段了，那太卑劣。也不敢再有企图，因为我没有你好。"

这是韩慕亲口对伍凌说的。

于是伍凌准许了韩慕偶尔的探望，韩慕也并不再提带秦依依外出，只是和她聊着过去的一些事情，以工作上的事情为主。

但秦依依似乎每次都对韩慕挺冷淡的，仔细一想，她对这些前男友都变得很冷淡，很多时候都只是听他们在说，自己很少表态和发言。

也好，这样也好。伍凌想。

可是如今，韩慕居然策反了！他向伍凌宣战，要夺回秦依依！伍凌这才知道，原来三年前韩慕就对他怀恨在心了，他认为是伍凌拆散了他们，不然他和秦依依，以他的计谋和手腕，一定还能留住她的。

他简直太高估自己了。从前是，现在更是！

伍凌非常从容，秦依依目前最依赖和信任的人是他，况且苏珊也回来了，一切万无一失，韩慕几乎毫无胜算可言。

可就在他轻敌的时候，敌人却以重兵重甲，给了他致命一击。

亲子鉴定：结了个果

韩慕寄来了一份文件给伍凌，伍凌没有多想就拆开了。令他触目惊心的是，那竟然是一份亲子鉴定结果！

而接受鉴定的人，一个是秦依依，还有一个，是郑芊芊！

伍凌捂住胸口，觉得整个世界都在摇晃。

郑芊芊，郑芊芊！那个六岁孩童，那个郑梧的女儿，竟然和秦依依的关系是——母女！

伍凌跌跌撞撞地关上房门，他先给郑梧打了一个电话。

"伍兄，何事？"郑梧似乎正在工作。

"你，半年前你为什么会来找依依？"伍凌已经想不起寒暄这件事了。

电话那边，沉默了片刻。

"你想听真话吗？"

郑梧的反问令伍凌毛骨悚然，那一刻他在做复杂的思想斗争，要么挂掉电话撕掉亲子鉴定单，不相信韩慕这个老狐狸说的话。要么就听郑梧讲完，残酷的真话。

他选择了后者。他不知道自己以后会不会后悔这一决定。

"我、我有私心……"郑梧说。

"是因为你女儿吗？"伍凌脱口而出，没想到得到的答案是肯定的。

"嗯……我不想芊芊一直……一直没有妈妈……"郑梧的话如最后的一击，将伍凌的最后一道防线攻破，他一败涂地。

紧接着，他接到了韩慕的电话。

"知道我为什么要试探她了吗？"韩慕说。

"早在几个月前，我就得知了这一事实，我承认，面对重新站在我面前的前女友，我还是忍不住要查一下她的底。手下的人帮我弄来她们两人的头发，做了亲子鉴定，这就是结果。"韩慕说。

"我也曾几度犹豫，虽然我是一个结过婚的男人，虽然我隐过婚，但她可是和我一样啊！她和我在一起的两年，并没有失去记忆，但她从未提过她和别人有过一个女儿。从某种意义上来说，我也受到了伤害，所以那天我带她去山庄，其实是想整一下她，让她亲口说出这件事——倘若她并没有失忆的话。可不巧的是你来了。"

"可我现在不在意了，当我看到已经忘掉从前的她，一个崭新的她，我还是忍不住心动，我还是想要她！所以抱歉，我给了你一份真相，但也是为你好，总比你以后发现了要好……而我和她，才是真正意义上的知根知底，从某种程度上讲，我们都是有过一段失败婚姻的人……"

伍凌放下电话，自始至终，他一句话也没有说。他想到了自己。

他也曾和她在一起三年，她不是没有机会说，但她就是没有说。

回顾每次与芊芊的见面，秦依依确实是和这小女孩非常投缘，而且超出了普通人的范畴。他想起芊芊曾有意无意地喊她"妈妈"，郑梧在一旁，眼里满是幸福。

秦依依。

郑芊芊。

光听名字就有瓜葛的人，他怎么会没有想到！

不敢再想下去！

伍凌感到自己受到了欺骗，一种深深的恶意油然升起。

他一蹶不振。

秦依依中午发现伍凌并没有煮饭，他的房门紧闭着。她走到门口，敲了敲门。

没有回应。

难道出去了？秦依依拨通了他的手机，结果听见门内铃声大作。

没有什么比此刻直接打开保姆的门更令人觉得合适了。

门被打开，只见她的保姆，一个八尺男儿，此刻竟然蜷缩在他粉色的床上，神色昏沉。

"你生病了吗？"秦依依第一反应是这厮一定是病了，不然以他的职业操守，是不会忘记煮饭的。

不说话。

"要不要送你去医院啊？"

不说话。

秦依依十分无奈，只得走过去，坐在床边，摸了摸伍凌，的额头。

确实滚烫！秦依依一惊，连忙推了推伍凌："快起来！我送你去医院！"

"不用了。"伍凌缓缓起来，并没有看秦依依，径直走到洗手间。不一会儿，就传来水声。

洗完脸出来的伍凌，缓缓走到厨房，开始煮面。秦依依跟过去，一把关掉火。

"还煮什么面啊！你都这样了！我们出去吃吧！"

一路上，秦依依开着车，伍凌仍旧一言不发。秦依依看了看他，小心试探："你……是不是碰到什么伤心事啦？"

伍凌从车上摸出他的墨镜，戴上，不说话。

秦依依无奈，这小子，不知道在搞什么鬼！

午餐吃得也极没意思，这样回到家更没意思。

秦依依想了想，就带伍凌出去转了转。

从前都是他对她好，只是她感觉不出来。

现在她也对他好了，只是他也感觉不出来。

人啊，真的是一种奇怪的生物。

求婚事故

秦依依载着伍凌来到了人民广场，这里热气腾腾的，人间烟火旺盛。

拖着伍凌下了车，秦依依打算买点吃的，一看伍凌就是没带钱的样子，完全呆了。

秦依依叹了口气，开始翻包找零钱。忽然，从钱包的最里层，掉出来一个小东西，咕噜噜的，就滚到了伍凌脚边。

伍凌低头一看，这可不就是四年前他送给秦依依的情侣对戒么。

戒指上有两个，一个刻着 Q，代表秦依依的秦，在伍凌那里。一个刻着 W，代表伍凌的伍，在秦依依那里。可秦依依戴了不到一年就弄丢了，死活找不到，却在她失忆后的某一天，在她的床底阴暗处，这枚刻着 W 的戒指，再现人间了。

可是戒指的女主人却忘记了，忘记把它拿正了……

伍凌永远都记得，那天秦依依充满忧郁地对他说：我找到了一枚戒指，这枚戒指，可能和韩慕有关。伍凌看见，她拿倒了戒指，他的"W"，阴差阳错，变成了"M"，韩慕的慕。

似乎一切都有天意一般。小女孩郑芊芊、拿倒的字母对戒，可就是没有一个机会，是留给他的。

伍凌俯身捡起那枚戒指，脑中浮现出当年买戒指的场景。

"我们一人戴一个戒指吧！把你圈住，我才放心！"这是秦依依说的。

"好啊，戒指上还要刻上名字，代表谁也不许忘记谁！"这是伍凌说的。

"刻就刻，我怕你啊！"

"刻字母好了，含蓄一点。"

"刻就刻，我怕你啊！"

伍凌沉浸在当时的回忆里，忽然笑了。秦依依被他的举动吓了一跳，以为他得了癔症。

"你还能正常思考吧？"秦依依问道。

"嗯，你的戒指，给。"伍凌特意将戒指摆成了"W"状，递给秦依依。

秦依依接了过来，有些茫然地盯着看，不知是出于有意，还是无意地，又将戒指摆弄成了"M"状。

伍凌的心，又开始郁结。

忽然，秦依依好像想起了什么，从包里掏出了一个本子。快速翻着。伍凌莫名其妙地看着她，不一会儿，只听她大喊一声："啊，原来这个戒指是我前男友送的啊！他的名字里还有一个'慕'！"

"你那是什么？"伍凌望着秦依依手中的本子。

"日记本啊！用来记载平时的重要事情的。"秦依依收起本子。

伍凌听到"重要事情"几个字，又是一阵郁结。但转而一想，不对啊！连忙问："怎么？你不记得这个戒指是韩慕送给你的了吗？"秦依依误认为戒指是韩慕送的，这件事发生了四五个月前，难道她这么快就不记得了？！虽然自打"潜水事故"之后，秦依依的记忆就一直颠三倒四，常常弄混事情，有时候还健忘。但也没发现她有严格意义上的失忆表现啊！

"哦，这个戒指是韩慕送的啊？哦……"秦侬侬含含糊糊，伍凌正要追问，忽然开过来几辆豪车，在他们面前一字停下，伍凌一看，其中一辆，正是韩慕的座驾。

车载音乐集体响起，一个助手捧来一大束气球，另一个助手抱来一大束鲜花。之后，广场的屏幕在夕阳即将落下去的时候亮起，里面播放着一系列画面。

工作中的雷厉风行样。

生活中的小鸟依人样。

度假时的快乐惬意样。

自拍时的搞怪机灵样。

她们无一不是秦侬侬的样子。

秦侬侬望着这一堆的照片回放，惊呆了。而更令她吃惊的是，每个样子的旁边，都有另一个样子，那就是眼前这个抱着玫瑰站在她面前的穿西装的，有着浅浅梨涡眼神深邃的男人。

广场的吃瓜群众立刻围了过来，将他们包围。人群里传来各种各样的呼喊起哄声："表白，表白，表白！"

"结婚，结婚，结婚！"

呼声越来越大。

"谢谢大家，谢谢。"男人说话了，大家于是停了下来，听他说。他说："侬，你可能已经忘了我，忘了我们的曾经，这都没有关系，我记得，我都把它们存了下来。我知道你遭受了很大的痛苦，请给我一个机会，让我照顾受伤的你，给你一个……"

"骗子！韩慕，你这个骗子！"求婚被打断，韩慕怒视着伍凌，他的助理们原本想冲上来按住伍凌，但由于人太多，几个片警都在附近巡逻，于是他们只能按兵不动。

伍凌站了出来，站到人群中间，对秦依依说："你千万别信他！他结过婚了！"

"没错！我是有过一段失败的婚姻！可是我早已是自由之身！"韩慕说着从口袋里亮出了离婚证。

伍凌一时语塞。

"每个人都有走错路的时候，我的第一段婚姻也是这样。但我保证，接下来，我一定不会再走错路，我对你是真心的，依！而这个男人，才是骗子！"

韩慕提高了分贝，让人群听得更清楚："这个男人，是个吃软饭的骗子，他看中的是你的家底，这个穷光蛋，利用你的善良和失忆，骗吃骗喝，简直就是个无赖！"

伍凌在人们的质疑声中百口莫辩。他只能寄希望于秦依依，希望她不要上当。可是秦依依却记得几分钟前从她包里掉出来的那枚戒指，那枚刻着"M"，据说是一个叫韩慕的人送的戒指。而眼前这个人，伍凌正是喊他"韩慕"。

秦依依拿出了戒指。伍凌见状，知道情况不妙。他连忙给苏珊他们挨个儿打电话，让他们以最快速度赶到广场来。

这一边，阴险的韩慕将计就计，当秦依依问："这枚戒指，是你送的吗？"他立刻答道："没错！这是我们爱的信物！我们本该在三年前就结婚的！依依，这三年来我夜不能寐，无不在思念你！而你仍珍藏着这枚戒指，就证明，你对我仍留有余地！你在等我，依依，你在等我回来找你！这就是最好的证据！"

韩慕从口袋里，取出另一枚戒指，一个闪闪发光的钻戒。他单膝跪下来，全场又开始欢呼。

真是一群不明真相的群众，一群唯恐不乱的刁民。

面对韩慕的求婚，秦依依望着眼前的钻戒，和眼前这个印象忽明忽暗的男人，忽然提出了一个震惊世纪的问题，这个问题，足以让海水倒灌，地动山摇，阴阳失调！

她问："你介不介意，我有过，99个前男友？"

"你说什么？"韩慕努力平复自己的情绪。

"我谈过99个男朋友，你如果接受不了这一点，可以收回你的求婚。"秦依依果断地说。

众人惊诧不已。这些原本还在起哄的围观群众，立刻调转矛头，开始对秦依依指指点点。

韩慕望着失控的场面，和秦依依那段惊天地泣鬼神的话，一个字也说不出来。

秦依依笑了，将花还给韩慕，转身离开的时候险些跌倒，被伍凌及时上前扶住。

秦依依望着他："为什么每次都能被你接住？"

伍凌再也克制不住自己的情绪，就着这个颇有喜感的场景，当众告白秦依依。

"去他的99个哥们，我，伍凌，伍凌的伍，伍凌的凌，愿意做你的第100个男友！没别的原因，就是因为我爱你！"

围观群众又纷纷倒戈，站在伍凌这边鼓掌。韩慕孤零零地被撂在一旁，头顶上乌云密布。

二十分钟前，手下来报，说跟踪的秦依依的车开到了人民广场。

十五分钟前，就在附近办事的他欣喜若狂地赶来，将早已准备好的求婚片子交给手下去安排。

十分钟前，他以为万事俱备，只欠下跪。

现在，他觉得原来输的人是他。

相逢的总会相逢

　　韩慕再也无颜待下去了，他在助理的陪同下，灰溜溜地钻回了车里。

　　现场响起掌声，秦依依望着伍凌，这半年来相处的点滴都在脑海中回放，她发现这个男人于她，是一个神存在——别人都需要用日记才能记住，而他，是深耕于脑海中挥之不去的烙印，那种东西，应该叫作，记忆。

　　她没敢告诉伍凌，自从发生"潜水事故"后，她所看到的世界，都是奇怪的。

　　就像跳动的音符一般，但又没有规律，不知如何组合。

　　这些前来看她的前男友们，她也是混乱的，有时候根本不知道谁是谁，他们不自我介绍，她也就懒得问。她懒得问，他们也就不说了。所以她每次都是冷淡对待，到了夜深人静的时候，再将这些琐事，简单三言两语，记录在日记本上。

　　可是她从没有记过一个人，可能连她自己都没有意识到，那个人就是伍凌。他就那样真实地存在于她的脑海中，日复一日，毫无偏差。

　　她看着眼前的他，发觉自己已经离不开这个男人了。她再也克制不住自己，一边落泪，一边感谢着他这半年的陪伴。尤其是在 99 个前男友相继来找自己的时候，他都陪在自己身边，还不嫌弃自己的情史……

　　然而却被他当即喊停。

"等等，这半年的 99 个前男友，是怎么回事？"

面对他的疑问，她于是从包里掏出了日记本，递给他。

伍凌翻了几页，顿时就明白了。

这时，苏珊和夏鲸、郑梧也赶到了现场，他们对眼前的景象十分不解。伍凌看见郑梧的身旁站着一位女子，抱着郑梧的女儿，十分亲密。而他的女儿，和她简直是一个模子刻出来的，郑梧在一旁微笑着点头。伍凌顿时明白了一切，原来所谓的"亲子鉴定"，都是韩慕的弄虚作假和一派胡言，郑芊芊的妈妈，根本就不是秦依依！如今她的妈妈回来了，一家三口终于团聚了。

最后大家一起吃了个饭，庆贺伍凌和秦依依这对苦命恋人终于团聚。

趁着秦依依去洗手间，众人连忙问伍凌，那个"99 个前男友"，究竟是什么梗。

伍凌笑了："这些男友，秦依依并不是用具体的人数来区别的，她用的是什么？她用的是次数！你们，只有三个，但在她（秦依依）眼里，是 1 乘以 33 个！随着倒霉体质发酵次数的增加，她的记性也越来越不好了，经常发生偏差，还出现把A的事情放在B身上的乌龙情况。日记也不写名字，只记页数，简单交代事情，包括年前的事情，也是这样。所以是'男友复男友，男友何其多'！这不，你们三个加起来，已经来了 99 次了！"

"这事儿也怨我，她有含蓄地问过我她有多少前男友，只是我当时没发现问题的严重性，还损了她。"伍凌有些自责。

"记忆偏差？这次和年前的那次彻底失忆还不一样？"郑梧问道。

"不一样，上次她是全忘光了，这次不是，因为她并没有忘记我和苏珊啊！我推测可能还是'一一复苏'计划产生的副作用。你们来的顺序和次数，乱了她的心智，本来记性已经不好了，还乱，这不，就乱成天下大乱了嘛！"

苏珊恍然大悟："原来表姐跟我一样，都没有周期，只不过，她是记忆没有周期啊！"

"其实在第二次夏鲸出现的时候，她就已经不记得你了。你还记不记得她那天态度很冷漠，像不认识你一般？"伍凌看向夏鲸。

夏鲸若有所思。

"本来那天参加完签售会回来，她是很亢奋的，也很紧张，我也搞不懂她为什么会紧张。后来我们从楼上下来的时候，她不小心摔了一跤，滚了下来，磕到头了。再后来你进门来，她的一系列反应其实并不是刻意装出来损你的，而是她，或许就是从那时候开始，就出现这种记忆偏差情况了！"伍凌说道。

那天的情景在夏鲸脑海中划过——

"秦小姐好，你还记得我吗？太子路中心书店邂逅一面之缘的夏有惊啊！"

……

"秦同学还是这么爱喝水啊，哈哈。老规矩，喝完你的，喝我的。"

"夏先生真会说笑，我们何来的这种交情？"

"小依，我们……"

"我们？你刚才不是自我介绍说你是在书店和我有过一面之缘的人吗，既然如此，又何来'同喝一杯水'一说？"

继而她就下了逐客令："对于一个轻浮的陌生人，我需要讲情面吗？"

……

——原来真的是记忆偏差导致了秦依依对夏鲸的印象产生了分离！

席间，秦依依忽然转过头去问苏珊："这位帅哥，是你男朋友吗？"

夏鲸不好意思地低下头，娇羞地看了苏珊一眼。

"表姐，我不是要当女一号了吗！你知道是谁选中的我吗？哈哈哈，就是他！他本来是个作家，写的小说被改编成影视啦，他做了编剧，导演给了他选角的权利，他就选了我啦！"

"你这是上位啊！"伍凌打趣苏珊。

"三三是优秀的表演家，是三三看得起我。"夏鲸深情款款地望着苏珊。

"哟，三三，我还零零咧！"伍凌酸道。

"我还——咧！"秦依依附和，大家都笑了。

"不过我怎么觉得这个作家小伙子，听上去有点熟悉的感觉啊？"秦依依说出一句让大家闻风丧胆的话。

"啊，你听错啦，你们以前一点儿也不熟，完全不认识！"苏珊急忙说道。

夏鲸也连忙摆手："我可不认识你啊大表姐！"

伍凌在一旁直冒冷汗。

"我记得……"秦依依低头在包里翻着日记本，被伍凌摁住了："吃饭啦亲爱的，别翻了，啊！"

"哦。我怎么记得，之前是不是有个什么小鲜肉厨师喜欢苏珊来着？"秦依依不解地问伍凌。

伍凌立刻会意，秦依依说的是韩慕的司机，只是记忆偏差使得她记错了人家的职业，于是司机成了厨子。

"那个人啊！"伍凌假装想起来了，"他是苏珊的粉丝呀！咱们苏珊现在越来越红啦，喜欢她的人越来越多了哦！"

苏珊赶忙点头："是啊表姐！"

秦依依也点点头："苏珊，这小伙子人不错。"说着看向夏鲸。"谈了这个就定下来吧，别像我一样……"

夏鲸一听，吓得半死，以为她想起了什么。

"——闹出 99 个来，就不好玩了！"秦依依说道。

夏鲸长舒一口气，活过来了。

"放心啦表姐！我们很好的！"

伍凌不甘示弱："我们也好好的！"说着就亲了一口秦依依。

芊芊拍起手欢快地叫道："一阿姨，你最后还是嫁给零叔叔了呀！"

伍凌故意逗她："不然你希望她嫁给谁呀？"

小女孩不会骗人："以前希望是爸爸，因为我好想有个妈妈，爸爸说一阿姨是个好人，一定不会像白雪公主的后母那样对我的。"众人一听，哈哈大笑。

"可是现在，不能是爸爸了呀，因为我真正的妈妈回来啦！"芊芊刚说完，她的妈妈就眼含泪水地抱紧了她。

从今以后，再也没有前男友来找秦依依了，她的前男友数量，永远定格在了 99 个。而对于 99 个前男友这件事，秦依依对此还是不解，伍凌也不打算告诉她实情，解释多了反而更乱。于是在秦依依眼里，伍凌就是自己的第 100 个男友。但在伍凌心里，他想他一定是最后一个。

伍凌的安排让事情弄巧成拙，他也因此成了秦依依的第 100 个男友。

看来秦依依的"坏记性"是改不掉了，但似乎也没那么严重，因为她记得伍凌。

有时候，记那么多人都是无用的，毕竟陪你走过漫长一生的，还不是只能是那个糟老头子。

看来对抗时间的最有效方法，就是每一分每一秒都在一起。

只要稍有一丝分神，就会遗忘，记不起今夕何夕君已陌路。

爱是每天的朝夕相处，不要分离，要说很多的话，做很多的事，呼吸同一片空气，看同一处风景。如此，便足以情深长寿。

结局·不是番外

1.

"你在写什么呢亲爱的？"

"写日记啊。"

"给我看。"

"说点好听的。"

"一天不给你煮饭我就浑身酸疼。一天不和说话我就寝食难安。"

……

"好够了……我在写 99 个前男友的事情，我要记住这件事。"

"哦。哎我顺便问一句呗？"

"嗯？"

"这 99 个当中，你最喜欢哪一个？"

"我最喜欢你。"

2.

"我一直有一事不解。"

"夫人请讲。"

"你房间门口挂着的粉色风铃，上面这个大大的'2'是什么意思？"

"是你啊。"

"一加一，等于二啊！"

"放在我的名字中间，就是 5-2-0 啊！"

3.

"表姐，你说你这辈子谈了 99 个男朋友，这是什么感觉啊？"

"非常想谈第 100 个。"

"……"

"谈完我就收手。"

4.

某天，风和日丽，一对情侣走进了民政局。

填表的时候，男的问："你是哪个 yi 啊？"

女："一二三四的一。你是哪个 ling 啊？"

男："哦，我是你一前面的那个零。"

5.

"摆酒那天得请不少人呢。"

"夫人，怎么说？"

"我想把他们都请来。"

"哪些？有多少？"

"大概，九十多个吧……"

"……"

6.

"医生，我老婆产检结果都正常吧？"

"嗯，都正常，预产期是 10 月 22 日。"

"那个……我想问问啊，如果父母有什么……不正常的方面，会遗传给下一代吗？"

"你是指什么不正常？"

"我老婆……她有倒霉体质……"

"……"